暴君竜を飼いならせ

犬飼のの

キャラ文庫

この作品はフィクションです。
実在の人物・団体・事件などにはいっさい関係ありません。

目次

口絵・本文イラスト／笠井あゆみ

「お魚さんも牛さんも豚さんも鶏さんも、美味しく食べてくれてありがとうって……皆とても喜んでいるんだよ。だからほら、潤《じゅん》もちゃんと食べようね」

お父さんの言葉に、僕は「嘘だ！」と叫んだ。椅子《いす》から飛び下りて部屋に戻る。

どうしてわかってもらえないのか、悔しくて悲しくて、布団を被ってワァワァ泣いた。

僕は牛と豚には会ったことがないけど、魚と鶏には会ったことがある。だからわかるんだ。

『殺さないで！』『怖い！』『近寄らないで！』――魚も鶏も、同じようなことを思ってる。

人間の言葉とは違うけど、僕には生き物の気持ちがわかった。だから絶対に食べられない。

「あんな子供騙《だま》しで食べさせられるわけないでしょ！　もっと頭を使ったら!?」

「自分こそ工夫して、なんとか食べさせる努力をしたらどうなんだ!?」

「しても無駄なの！　どう工夫しても気づいて吐いちゃうのよ！」

僕のせいで両親が喧嘩《けんか》をする。妹が怖がって泣きだすまで、喧嘩は終わらない。

こんなことがしょっちゅうあって、僕は凄《すご》く申し訳なく思っていた。でも……それでも僕は食べられない。かわいそうな生き物の気持ちを知っていて、食べられるわけがないんだ。

僕が肉や魚を食べるってことは、たぶん……お父さん達が人間の肉を食べるのと同じくらい、あり得ないことだった。

《一》

九月一日——高等部三年の二学期初日、沢木《さわき》潤は朝から逃走経路について考える。

父親譲りの飴色《あめいろ》の髪に整髪料を馴染《なじ》ませてから、脱衣所の窓を開けた。

ここからマンションのエントランスを確認するのが日課になっている。

やはり今日もいた。芸能事務所二社の社員が、朝っぱらから張っている。

——毎日毎日、ほんとよく続くよな。

妹の澪《みお》が、「お兄ちゃん先に行くねー」と声をかけてきた。潤は「おー」とだけ返す。

まずは母親、次が妹、最後に自分が家を出る。

半分アメリカ人だった父親は、仏壇の中で留守番だ。

潤はマンションの二階までエレベーターで下りてから非常階段を利用し、ゴミ集積所の裏に出て、昔ながらのブロック塀を乗り越えた。

こうして毎日ルートを変えて逃げる自分も大変だが、それ以上に大変なのは連日通ってくる彼らの方だろう。潤が何度断ったところで、彼らは決して諦《あきら》めなかった。

噂によると、芸能界にまったく興味のない人間でも、執拗《しつよう》に誘われるうちに絆《ほだ》されたり懐柔されたりして、結局デビューしてしまうケースは少なくないらしい。

将を射んと欲すれば先ず馬を射よ――とばかりに母親や妹が喜ぶ菓子類を手土産にするのは当たり前で、いつの間にか潤の好みを調べ上げ、様々なプレゼントを持ってくる。

最初のうちは嬉《うれ》しくて、スカウトを断りつつも受け取っていたのがいけなかった。

今はこうして接触を避けているが、彼らのことが嫌いなわけではないから性質《たち》が悪い。

芸能界に入る気はまったくないため、熱心に通ってこられても期待に添えない申し訳なさはあるものの、必要な人材として求められる喜びは無きにしも非《あら》ずだ。

特に今日張っている二社の社員は、人の心を摑《つか》むのが上手いからいけない。

バスケで鍛えた筋肉を褒められたり、料理の腕前や持ち前の運動神経を買われたりすると、どうしても気分がよくなってしまう。それらを生かせる役柄の企画を持ち込まれるのは危険で、ほんの少しだが、心がぐらつくことがあった。

――こっちから出ると遠回りなんだよな。塀越えて裏道に行くか。

始業式に遅刻するのを避けたかった潤は、同じマンションの別棟に向かう。

エントランスを抜けて駐輪場に入り、またブロック塀に手をかけた。

一応人目は気にしつつ、ひらりと飛んで塀の上に乗る。

ブロックの幅は狭く、いくら運動神経に自信があっても心許《こころもと》なかった。

塀の内側と着地点に注意を向けていた潤は、その先の車道にも目をやる。車が走行中に飛び下りるのは避けた方がいい。歩道の幅は十分あるものの、運転者を驚かせてしまいそうだ。

――え……リムジン？　なんでこんなとこに？

塀の上でバランスを取っていた潤は、場違いの高級車に目を瞠《みは》る。

黒塗りで、大きくて、まるで大統領でも乗っていそうなリムジンだ――そう思った次の瞬間、歩道にいる猫の姿に気づいた。

「危ない！」

あろうことか車道を突っ切ろうとした猫は、車を見るなり硬直する。

同時に、潤の頭の中に猫の恐怖が伝わってきた。暫定《ざんてい》で『読心《どくしん》』と呼んでいる現象だ。

『怖い』――恐怖心一色だった。それ以外には何もない。

体が反射的に動き、潤は塀から飛び下りる。

車道外側線《がいそくせん》を乗り越え、猫を庇《かば》おうとして車道に出た。

指先を伸ばした途端、それまで硬直していた猫が弾けるように駆けだす。

よかった――そう思ったのも束の間、目標物を失った体は前のめりになった。

一歩、二歩と、勢い余って足が進んでしまう。視界が黒いボディで埋め尽くされた。

ドンッ！　と音がする。

宙を飛び、大きな荷物のように落下した体は、ボールの如く弾んだ。

その度に頭蓋《ずがい》の中で強烈な音がして、バウンドが止まったあとは何も聞こえなくなる。

静かで真っ白な世界に、最後に目にしたキャデラックのエンブレムが焼きついていた。

「大丈夫ですか!?」

どこからか男の声がする。

それにより、車に撥《は》ねられたことを認識した。

返事はできない。猫の恐怖が、今は自分のものになる。後悔が頭を過《よぎ》った。

スカウトから逃げたりせずに、もっと強気に対応して、「迷惑です。しつこいと警察を呼びますよ」くらいのことをいえばよかったのだ。

そうすれば、今ここで車に撥ねられるようなことはなかったのに。でも……もし自分が塀を越えてこなければ、あの猫は死んでいたのだろうか。もしかしたら自主的に動きだしたかもしれないし、助けたと考えるのは、烏滸《おこ》がましいかもしれないけれど――。

――血だ……俺の血……凄い量……。交通事故に、遭ったんだ。

視覚がじわじわと正常に戻る。舗装された路面が赤く染まっているのが見えた。

「う、う……う……!」

少し遅れて痛みがやってくる。

俄《にわか》には信じられないくらいの痛み――正に死ぬほどの激痛だった。

――俺、死ぬのか?

自分の体のことなのに、どういう状態なのかわからない。

指一本動かせず、酸素を求めた口からは信じられないほど大量の血が溢《あふ》れだした。

――母さん……澪……！

呻《うめ》き声すら塞がれる中で、母と妹の顔を思い浮かべる。

二つ年下の妹とは口喧嘩をすることもあったが、今朝は普通に別れてよかったと思った。

それは自分のためでもあり、妹のためでもある。父親の記憶をほとんど持たない妹が兄まで失い、しかも最後の会話が悔いの残るものであったら……あまりにもかわいそうだ。

「カイ様っ、外に出てはいけません！」

初老の男の声が聞こえ、思考が遮られる。

リムジンの後部座席から、背の高い男が降りてくるのが見えた。

逆光のせいで顔はわからないが、格闘家のような体格をしているのは確かだ。

上半身は白い半袖シャツ、暗い色のネクタイを緩く締めている。下は黒いパンツだ。

シャツの胸にエンブレムらしき物がついていて、どこかで見たことのある制服だとわかる。

彼が作りだす長い影が足音と共に近づき、影の頭の部分が潤の顔に被さった。

眩《まぶ》しさがなくなると、目で捉えられる物が多くなる。

黒い革靴が血だまりを踏み、赤い飛沫《しぶき》が飛んだ。

「やけにそそる匂いじゃねえか」

「カイ様っ」

「頭がスイカみたいに割れてやがる。よく生きてるな」

学生の靴とは思えないほど磨き抜かれた革靴が、もう一度血を飛ばす。

潤はアスファルトに半面を埋めながら、カイと呼ばれた男の声を聞いていた。

何を話しているかということよりも、声に意識が向いてしまう。

ぞくっとするほど低い声だった。頗《すこぶ》るいい声だが、美声と評するのは少し違う。

もっと個性的なインパクトがあり、痺《しび》れるような声だ。一度聞いたら忘れられないような、浸透力のある声——。

「山内《やまうち》、お前の運転には失望したぞ。A級ライセンスが聞いて呆《あき》れる。こんな所帯くさい抜け道を通った挙げ句にこの程度のトラブルにも対処できないようじゃ、ミンチにされても文句はいえねえな」

「申し訳ございませんっ！　死角からの突然の飛びだしでブレーキが間に合わず！」

「言い訳はやめろ。失望はしたが、いい拾い物に免じて今回だけは許してやる。人が来ないか見張ってろ」

学生だが主のカイと、運転手の山内。虚ろな意識で二人の関係を捉えた潤は、不穏な空気を感じ取る。轢《ひ》き逃げ——そんな言葉が頭に浮かんだ。

しかし、それ以上に気になるのはカイの態度と発言だ。

自分が運転者ではないにしても、乗っていた車が人身事故を起こしたら、多少は動揺したり罪悪感や憐憫《れんびん》の情を持ったりするものだろう。

ところが彼からは、人としてあるべき感情が見受けられない。

水たまりで遊ぶ子供のように靴底をピタピタと血の表面に当て、「いい匂いだ」と口にするばかりだ。それも笑みを含んだ声で――。

「冷えた血はイマイチだが、仕方ねえな」

カイはそういうと、ほとんど膝《ひざ》を曲げずに潤の顔の前に手を伸ばす。

今度は靴底ではなく掌を、アスファルトに広がる血に当てた。

ゆらりと水面が揺らいだ瞬間、地面を這《は》う血液の動きが変わる。

凹凸を辿《たど》るように広がっていたものが、掌に向けて動きだしたのだ。

浅黒いといっても過言ではない色の肌の向こうで、血管が膨れ上がるのが見えた。

手の甲から手首にかけて走る筋の中を、何かがボコボコと通り過ぎている。

血管の中を通るのは血液に決まっているが、どう考えても彼の物ではなかった。

今そこを通っているのは、潤の体から流れでた血だ。そんなことは絶対にあり得ないと思いながらも、潤の目は綺麗《きれい》になっていくアスファルトを捉える。

――俺の血を……掌で吸い上げてる……。

自分は夢でも見ているのだろうか。

それともすでに死んでいて、死神が迎えにきたところなのか？

もしも夢なら一刻も早く目覚めたい。しかしこの痛みは、夢にしては酷過ぎる。

「う、ぐあ……ぁ、あ……！」

突然手首を引っ張られて持ち上げられ、潤は激痛に呻いた。

再び吐血したが、その血ごとカイの手で塞がれる。

これまで出会ったどんな人間の物よりも、大きな手だった。鼻も口も纏《まと》めて片手で塞がれ、掌で血を吸い上げられる。腕時計を嵌《は》めているカイの手首が、またしてもボコッと膨らんだ。

——アスファルトの血が、消えてる！

潤は荷物のように軽々と小脇に抱えられ、真っ逆さまの景色を見る。

ポリ袋で雨除けを施された迷い犬の貼り紙や、プロレスの興行ポスターが貼られたブロック塀の向こうから、子供の笑い声が聞こえた。ゴミ収集車が流す音楽も聞こえてくる。

逆さまに見ても変わらない、清浄な朝の光が注ぐ、ありふれた日常。そこに割り込んだ黒いリムジンと、消えてもなお目に焼きついている鮮血の色だけが、甚《はなは》だ場違いだった。

「カイ様、車が来ます。お早くっ」

初老の男の手でドアが開かれた瞬間、潤は恐怖に直面する。

もしかしたら、ただ死ぬだけでは終わらないかもしれない——そう考えた時にはもう、気が遠くなっていた。

《二》

全部夢だったと思うには、あまりにも体が熱い。潤はうなされながら必死にもがく。先程まで感じていた痛みとは違うが、異常な熱に浮かされていた。

特に熱いのは頭と肩と背中、それと左足と右腕だ。

これらに関しては、筋肉や表皮ではなく、骨が熱いという認識があった。折れて砕けた骨の代わりに焼けた鉄でも差し込まれたかのように、体の根幹が滾《たぎ》っている。

──殺される！　バラバラに切り裂かれて、食べられる！

潤の頭の中に、生き物の嘆きが響く。かつて読み取った恐怖とシンクロしていた。

子供の頃から動物や魚や鳥の感情に触れてきたせいで、自らが屠《ほふ》られる対象になる夢を繰り返し見てきた。ある日突然命を奪われ、体をバラバラにされて食卓に並べられるのは、他でもない自分自身だ。

こちらの意思が生き物に伝わらないことは知っていながら、「仕方ないんだよ。ごめんね、ごめんね……」と、泣きながら謝っていた頃のことを思いだす。

「沢木潤、都立寺尾台《てらおだい》高校三年C組、五月二十一日生まれ、O型……十八でベジタリアンか、珍しいな」

脳に沁み込むような声が聞こえてきて、潤は眠りの底から呼び覚まされた。

悪夢の中で血の始末をした、カイという男の声だ。

どうやら学生証を見られているらしい。

言葉は発しないまでも、「どうしてベジタリアンだって知ってるんだ?」と訊《き》いてみる。

それは学生証には書いていないことだ。家族以外は誰も知らない。

肉や魚はもちろん、卵を使った菓子類を勧められても、「アレルギー体質で駄目なんだ」の一言で強要されずに済むため、本当のことをいう必要はなかった。

小学生の頃は今より大変だったが、弁当持参の許可をもらってなんとか乗り切ったのだ。

食べないのではなく、食べたくても食べられないことにしておけば、「かわいそう」「不自由だな」「人生半分損してる」など、同情的な言葉を向けられるだけだが、潤の年齢で、あえてベジタリアンだと告白するのは難しい。

生き物の命が絡む食品を口にする人間を、批判的な目で見ていると誤解され、穿《うが》った見方をされるのは嫌だった。

実際に他者を責める気はなく、宗教上の理由でもないため、食を通じて何か主張したいことがあるわけではないのだ。「俺には動物の感情がわかる。死にたくないって、嘆いているのを知ってるから食べられないんだ……」なんて、いえるわけがない。

母親と妹、そして亡くなった父親は理解を示してくれたが、それですら、「感受性が非常に強い」という認識のうえでの理解に過ぎなかった。他人に話したら間違いなく病気扱いされるだろう。

「美味い血の持ち主だと思ったら、顔も体も上玉。本気でいい拾い物だったな……山内の奴に金一封くれてやるか」

生温かい物が首筋を這う。肉厚のそれはしっとりと濡《ぬ》れていた。

舌で舐《な》められていることに気づくと共に、潤は自分の命の在り処《か》を探る。

他人に、それも同性に何かされているということよりも、まず生きているかどうかを確かめたかった。痛みが残っているなら命の実感も得られるが、今は熱っぽいばかりで痛みはない。だからこそ余計に、生きている気がしなかった。

──俺は……黒いリムジンに轢かれて、それで?

ここはどこでどういう状況なのか、怖くとも真実を知りたかった潤は、瞼《まぶた》に力を籠《こ》める。

開け、開け！　と命じなければ持ち上がらないほど重い瞼の向こうに、天井直づけのシャンデリアが見えた。

しかし室内ではない。天井は低く、シャンデリアも幅こそ広いが、高さのない車両用の物に過ぎない。

大きな窓が並び、とても開放的で景色の移り変わりが見える。

仰向《あおむ》けになっているため、目に映るのは空とビル、電線や信号だった。

走行中のリムジンの車内に間違いない。

——生きてる……のか？

車体に沿った長いソファーシートの上で、潤は慎重に呼吸した。

自分の上に覆い被さる男の黒髪が間近にあったが、顔は見えない。

しかし動きは肌で感じられた。舐められて濡れた首筋に吐息がかかる。

「……っ」

レザーシートに背中や腰が直接当たっていることに気づいた潤は、自分が全裸であることを認識した。制服は疎《おろ》か、下着も靴下も穿《は》いていない状態だ。

——裸で、手当て……されてるのか？

救命医療を取り扱ったドラマで、救急車で運ばれてきた患者に「服を切りますよ」と断って大きな鋏《はさみ》で服を切るシーンが思い浮かぶ。交通事故に遭って怪我をした自分も、必要に応じて脱がされたのだろうか。

——いや、違う……美味い血の持ち主で、顔も体も上玉とか、いわれたんだ……リムジンに連れ込まれて、全裸にされて、男に舐められてる。

直前に聞いた言葉と鎖骨を這う舌に、希望的観測をブツッと断たれた気分だった。

呆然《ぼうぜん》としている間も男は愛撫《あいぶ》を続け、唇を胸に寄せてくる。

口を塞がれた時に驚くほど大きいと感じた手は、肩と腿《もも》に当たっていた。

苛烈《かれつ》な力でシートに縫い止められながら、胸の突起を啄《ついば》まれる。

「う、あ……っ」

上下の唇に挟んで突起を引っ張られると、思わず声が漏れた。

狼狽《うろた》える状況ではあるが、自分が生きていることを感じた瞬間でもある。

誰かに何かをされることで、確かに反応している体。音として口から出た声。

痛みがないのは麻酔を打たれたからで、骨が熱いと感じるのは骨折のせいかもしれない。

そもそも大した事故ではなかったのだろう。

アスファルトに広がった血も掌から吸い上げられた血も、すべて夢だったのだ。

「ここ、は？　俺は、どうなって……」

問いかけると、胸に顔を埋めていた男——カイが顔を上げる。

潤は初めて彼の目を見た。声から受けるイメージを裏切らない、独特な色の瞳の持ち主だ。

如何《いか》にも滑らかそうな浅黒い肌に映える、鮮烈な純白の白眼と、その中心に揺るぎなく鎮座する漆黒の瞳。しかし黒一色ではなく、血のような赤が虹彩に交ざっている。

彫りの深い顔は、悪魔的に整っていた。制服からして高校生のはずだが、そうとは思えない貫禄がある。

──ハーフか何か、か？　なんか、モデルみたいだ。

一瞬そんな印象を抱いた潤は、自分の心の声を否定した。

視線を外してくれない、そして外させてもくれないカイに、美形と評するのでは物足りない野性味を感じたからだ。大型の成獣を彷彿《ほうふつ》とさせる雄々しさは、グラビアを飾る華やかな美男とは質が違う。もっと密《ひそ》やかで、隠れた存在──この車内には明るい朝の光が満ちているのに、何故かそう思った。

「お前は瀕死《ひんし》の状態から、俺の血液によって蘇《よみがえ》った」

「……血液に、よって？　輸血？」

「普通の輸血じゃねえが、似たようなもんだ。いきなり車道に飛びだしてきて俺の車を傷つけ、制服を血で汚した落とし前はつけてもらうぞ」

「そ、それは」

未だにカイの目に囚われていた潤は、仰向けのまま顎《あご》をぐいっと摑《つか》まれる。強制的に上下左右を向かせられ、あらゆる角度から顔を検《あらた》められた。さらに口を無理やり開かれる。まるで歯科医のような手つきで唇をめくられて、奥歯にまで触れられた。

「──っ、うぅ!?」

「歯並びもいいな、詰め物も何もない天然物は希少だ。寝顔も悪くねえが、怯《おび》えて潤んだ目は絶品。くり抜いて飴玉代わりにしゃぶりたくなる」

「ぐ、ぅ、う」

「声も好みだ。苦しげに掠《かす》れた声がたまらない」

カイは愉快げにいうと、口角を歪《ゆが》ませた。

明らかに普通ではない、邪悪な表情を浮かべている。

冗談ではなく、本気でいっている——そう感じた途端、潤は火照っていた体に冷感を覚えた。

「沢木潤、お前は今日から俺の餌《えさ》だ。血肉に毒されないベジタリアンの体液で、俺の腹を常に満たせ。この顔と体で愉しませながらな」

「や、やめろ……っ、嫌だ！」

口から指を抜かれるなり叫んだ潤は、右手を宙に向けて振り上げる。

覆い被さる巨体を突き飛ばすつもりで、カイの肩に打ちつけた。

「うあ……っ、ぐ、あぁ——っ！」

エポレットのついたシャツに掌を当てた途端、骨が砕けるような衝撃が走る。

彼に何かされたわけではなく、自分の腕が脆《もろ》く壊れたのだ。熱っぽいだけだったはずの腕に、事故直後の痛みがたちまち戻った。

「じっとしてろ、不完全な状態で動くとまた折れるぞ」

「う、うぅ！　痛ぅ、っ……な、なんだよ、これ」

「再生中は熱を帯びるもんだ」

熱が引くまで安静にしていろ――そういわれていることはわかったが、潤はこらえ切れずに体を揺さぶった。ところが、そうしている間に症状が変化する。

痛みはあっても、絶叫するほどのものではなくなったのだ。急速な勢いで骨が発熱するのがわかった。先程までとは違う新たな熱が、骨のより深い所から生まれてくる。

――再生……って、どういうことだ？　そんな、まさか！

数週間かかる怪我《けが》が秒単位で回復していく現象に戸惑いながら、潤はカイの顔を再び見る。

彼もまた、自分を見ていた。

「な、なんなんだ、アンタ……俺に、何したんだ？」

「何度も同じことをいわせるな。いきなり飛びだしてきて死にかけた鈍くさい間抜け野郎に、最強かつ希少な血を与えてやった。死なない限りは怪我をしてもすぐ治る。今後は人目に気をつけるんだな」

そんなことをいわれても納得できず、潤は呆然としながら次の言葉を求める。

嘲笑《ちょうしょう》以外の笑みは浮かべそうにない傲慢《ごうまん》な顔を崩し、「冗談だ」と、できれば笑い飛ばしてほしかった。今一番欲しいものは、間違いなくその一言だ。

この男は運転手つきのリムジンで登校するほど大金持ちの息子で、お抱えの主治医がいて、事故を表沙汰《ざた》にしたくないから内密に治療させた――というだけの現実であってほしい。

「手足を折られたくなかったら大人しくしてろ。今日のところは可愛がってやる」

　潤は骨に痛みが残る右腕を左手で押さえながら、ソファーシートの上で震えた。

　カイの手で足を広げられながらも、抵抗するのが怖くてできない。暴力を振るわれるまでもなく、少し動くだけで骨折する予感があった。

「何を……する気だ。やめろっ、そんなこと！」

　何をする気か、本当は訊かなくてもわかっていた。

　彼の手つきは明らかに性的なもので、視線からも劣情が見て取れる。

　潤は経験豊富とはいえないが童貞ではなく、付き合っていた彼女がいたこともあった。

　同性から告白されたことや、幼少期に大人の男女に尾《つ》けられて怖い思いをしたこともある。

　比較的幼い頃から自分が性の対象となり得ることを自覚していたため、そういった意味での警戒心は強い方だった。

「う、あ……っ」

　いくらか足を動かして抵抗を試みるが、熱の酷い左足や背中に激痛が走る。

　彼のいう通り、本当に骨が不完全な感覚だった。安静にしていないと折れてしまいそうで、呼吸をするのも儘《まま》ならない。

「色白なだけにここも悪くねえな、ろくに使ってなさそうな色だ。マスも掻《か》かない童貞か？　まさかアナニー専門なんていわねえよな？」

　カイは潤の膝を掴みながら、萎《しお》れた性器を覗《のぞ》き込む。

悪くないといいながらも露骨に嘲笑を含んだ声に、潤はかつてない屈辱と羞恥を味わった。

彼の視線の先に目を向けるまでもなく、自分の分身が恐怖と痛みで縮んでいるのがわかる。

「——っ、嫌だ、やめてくれ！」

くったりと垂れた肉を吸い込むようにくわえられ、目を開けていられなくなった。

こんなことを同性にされるのは初めてで、気持ちのうえで大きなダメージを受ける。

車内は窓が多く、目を閉じても光からは逃れられない。

血管が透けて赤黒く見える闇の中に、先程まで目にしていた電線や信号、ビルの壁の残像が浮かび上がった。

そしてカイの顔や、赤と黒で構成された目の色も浮かんでくる。

「い、嫌……だ、っ、あ……っ、あぁ」

性器を根元までジュッと吸われ、肉厚な唇で締めつけられた。

カイの熱っぽい口内では、舌が絶えず蠢《うごめ》いている。

先端を強く吸引されると腰が震え、臀部《でんぶ》に余計な力が入って窄《すぼ》まりまで縮み上がった。

「嫌だ、やめ……ろ！」

いくらか自由になる右足を振り上げようにも、片手で押さえつけられてしまう。

抵抗は口ばかりで、情けなくて涙が零れそうになった。

骨が砕ける痛みを覚悟のうえで、それでも抗《あらが》うのが男だと、頭の中で理想を掲げている。

しかしその通りにはできなかった。体が痛みを拒絶して強張り、瞼をぎゅっと閉じたまま、分厚い肩や胸を撫《な》でるように押すのが精いっぱいだ。

「は……っ、あぅ」

足の間から、チュプチュプと淫猥《いんわい》な音がした。

カイは好物でも食べるように吸いついてきて、裏筋を舐め上げては先端の孔を穿《ほじく》る。尖《とが》らせた舌を精管にねじ込むようにしながら、片手で尻肉を揉《も》んできた。

自分では十分に男らしく硬いと思っていた尻も、カイの手にかかれば難なく変化する。女の乳房のように戯れに揉まれるのは、酷く屈辱的だった。

――なんか、違う……コイツ、人として、何か違う気がする。

潤は与えられる快楽と羞恥の中で、次第に違和感を覚え始めた。

体格や醸しだす雰囲気のせいではなく、どこがどうとは説明できない部分で、彼を異質だと感じる。自分と同じ人間ではないような……たとえば、肉体を形作る素材そのものが違うような、そんな違和感だ。

カイはきっと、簡単に折れる骨など持っていない。鋼鉄並に丈夫な骨と、ピアノ線のように強靭《きょうじん》な筋で出来ているのではないだろうか。

「ん、う……っ……」

出会ったばかりの他校の男にこんなことをされて、感じたくないのに血が騒いでしまう。

萎れていたのは最初だけで、主のプライドを易々と裏切る分身は、いつしか彼の口内で張り詰めていた。腰を引こうとすると背骨が痛くなって挫折《ざせつ》したが、反射的な震えは止まらない。

射精したいという欲求が抑え切れなくなり、潤は気を逸らすために目を開けた。

相手の顔は見ないようにして、窓を見る。自宅からも学校からも遠いが、しかし何度も来たことがある駅の名が入った交差点が見えた。友人と一緒に来る娯楽施設の看板もある。

——男に、フェラされて……感じてんじゃねえよ、最悪!

潤は嬌声《きょうせい》を押し殺し、奥歯を食い縛る。

それもまた頭蓋に響いて痛みを伴う行為ではあったが、意地で続けた。

口淫は性差が少なく、しゃぶられれば感じて当然だ……と言い訳をしてみたところで自分を納得させることはできず、悔しくて目頭が熱くなる。

——なんで、こんなことになってんだよ……普通に学校、行くはずだったのに……あの時、何が起きてどこまでが夢で、いったいどうなってんだよ、俺の体!

頭では達《い》きたくなくて、しかし体は達きたくて、思考が恣意的《しいてき》に振り回される。

甚だ不本意だったが、達かないと終わらないから……だから仕方なく達くんだ——と理由をつけた潤は、最終的に自分を解放した。

こらえるのをやめて、肉体の欲求に任せる。

あえて達こうと思わなくても、体は勝手に絶頂を迎えた。

過去に経験したものとは比べものにならないほど強引で、しかし巧みでもある口淫によって、自分の中にあるものを引きだされる。

「ふ……う、あぁ――っ！」

カイの口内に射精した潤は、喉笛《のどぶえ》を晒《さら》しながら声を上げた。

これから自分がどうなるのか、わからなくて怖くて、そしてとても嫌なはずなのに、嬌声や続く吐息に甘さが混じる。

自分でも不思議になるほど、与えられた役割通りに動いてしまった。

異性にされるなら、ほんのわずかに呻く程度で済むことなのに、今は余裕も何もなく、男に抱かれる男としての媚態《びたい》を晒したのだ。

――何やってんだ、恥ずかしい。喘《あえ》いだりして……俺、女みたいだ……。

ドクン、ドクンと脈打つ体を丸めながら、潤は自分自身に失望する。

なけなしのプライドで涙を引っ込め、相手を睨《にら》みつけるのがせめてもの仕返しだった。

何をしても虚しいが、本意ではないことを示さないと気が済まない。

「従順かと思えば、そんな顔で拗《す》ねるのか？　お前、なかなか可愛いな。それに思った以上に味がいい。未成熟なベジタリアンの体液は最高だ」

精液を飲み干したカイは、仔猫でも撫でるような仕草で顎を掬《すく》ってくる。

嬌声の代わりに、今度はゴロゴロと猫撫で声を上げなければいけない気分になった。

「――っ!?」

ところがその時、不意に自分のものではない感情が届く。

『一緒にいたい……』――そんな切ない気持ちが、猛烈な勢いで胸に沁みた。

子供の頃から時折起きる不思議な現象……いつだったか、暫定的に自ら『読心』と名づけてそのままになっているが、今にして思えば、『受信』と呼んだ方が相応《ふさわ》しいような現象だ。

『一緒にいたい……』――もう一度同じものが届く。

潤はびくっと身を震わせ、動ける範囲で上下左右を見渡した。

人間の感情を読んだ経験はないため、車内に人間以外の生き物の姿を探す。

一緒にいたい――そういう感情だと判断したのは潤であり、実際に言葉が聞こえたわけではなかった。

生き物が放つ感情のすべてを理解できているとは思っていないが、生まれた時からこういう体質なので、だいたいのことはわかる。

今の感情は、『一緒にいたい』だ。それも酷く切実で、淋しげなものだった。

捨てられた犬が、『置いていかないで！　一緒にいて！』と、誰彼構わず必死に訴えている時と似ている。飼い犬の甘えとは違う、捨て犬の哀愁を帯びた願望だ。

――なんだ、今の……まさか……コイツの感情じゃ、ないよな？

車内に人間以外の生き物を見つけられなかった潤は、カイの顔をじっと見た。

まさかとは思いながらも、感情の発信源がわかってくる。それは至近距離から迫っていた。しかも感情を読むだけでは終わらない。いつもと同じように、自分の心が同調してしまう。

――ヤバい……俺まで一緒にいたくなってきた。

寄せられる淋しさに引きずられ、心が揺れる。

捨て犬が抱く不安と、求める愛情、そして好みの相手を見つけて興奮する衝動……幾重にも重なり合った感情は、動物ほどシンプルなものではなかった。

いずれにしても他者を求めていることに変わりはないので、これがもし本当に目の前の男の本心だとしたら――見た目とは随分違う印象だ。

「アンタ、何者なんだ？　その制服、竜泉《りゅうせん》学院の……」

初めて読心した人間の感情に戸惑いながら、潤は顔をそむけて視線を外す。

直前にシャツのエンブレムを見て、どこの学校の制服か思いだしたので訊いてみた。

裕福な家の子息ばかりが通う一貫教育校が多摩《たま》市にあり、緑地に囲まれた広大な敷地に幼稚園から大学、そして寮まで完備していることは知っている。

「リュウザキカイ――お前の主の名だ。しっかり憶えておけ」

彼はそういうと、ロングシートの横にあるテーブルに手を伸ばす。

筆記用具がセットされたメモスタンドから、万年筆だけを取ってキャップを外した。

「うあ……っ、やめろ！」

どこに書くのかと思えば、いきなり胸にペン先を当てられる。

動くと背中や腕の骨が軋んで、息を詰めずにはいられなかった。

万年筆で肌に文字を書かれるのも痛かったが、耐えられないほどではない。

――誰でもいいから一緒にいて……とか思ってる淋しんぼのくせに、なんなんだよっ、この仕打ちは……！

読み取った感情が本当に彼のものなのか自信がなくなり、潤は再び周囲に視線を向けた。

リムジンの中に淋しがり屋な小型犬や兎《うさぎ》でも隠れていないかと真剣に疑ったが、生憎《あいにく》とその気配はない。

そうこうしている間に署名が終わった。『竜嵜可畏《りゅうざきかい》』と、縦書きで大きく記される。

持ち物に名前を書くかの如き扱いに唇が戦慄《わなな》いて、抗議の言葉も出なかった。

《三》

その日の夜、できるだけいつも通りに振る舞おうとした潤は、自宅のキッチンに立つ。

三人家族だがベジタリアンなのは自分だけなので、基本的に自炊していた。

他人といる時は我慢しているが、肉を目の前で調理されるのも食べられるのもつらいので、週の半分以上は独りで食事を摂る。潤が食べ終えたあとに母親が台所に入り、潤が作った味噌《みそ》汁や副菜を利用しつつ、メインになる物を二人分作るという流れだ。

独りで食事を摂るとはいっても、潤がキッチンに立っている時や食べている間は誰かしらがダイニングにいて、あれこれと話しかけてくるのがお決まりだった。

母親は勤め先の愚痴、妹は学校であった出来事を語り、潤は聞き手に回る。時には口喧嘩もするがコミュニケーションは取れていて、倹《つま》しく暮らしながらも賑《にぎ》やかな母子家庭だ。

「お兄ちゃん、なんで制服洗ったの？　あんなビリビリ洗っても意味ないじゃん」

アボカドサラダを作り終えてナスとピーマンの味噌炒めを作っていると、カウンター越しに妹の澪が声をかけてくる。

今朝のことを忘れたくて料理に集中していた潤は、事故の記憶を一気に呼び覚まされた。そのせいで手元が狂い、ピーマンを切っていた包丁で左手の人差し指を傷つけてしまう。

「痛っ、う……！」

「やだ、大丈夫⁉　ごめん、アタシのせい⁉　切っちゃった⁉」

まな板の上には垂れなかったが、皮膚の下に血の色が見えた。

切り口からぷっくりと膨らむように血の玉が現れると同時に、潤は嫌な予感を覚える。

シンクに駆け寄って勢いよく水を出し、火傷した手を冷やすかの如く流水に当て続けた。

「ねえ、ちょっと大丈夫？　絆創膏《ばんそうこう》いる？」

「いや、薄皮一枚切れたか切れないか、くらい。全然平気」

潤は恐る恐る左手を引き、人差し指の傷を見てみる。

嫌な予感が当たって、確かに切れたはずの皮膚が元通りになっていた。

試しに親指で周辺をぐいぐいと押してみたが、血が出るどころか切り口自体が消えていて、どこを切ったのかすらわからない。考えようによっては痛みも傷も消えてよいのだが、単純に喜べるわけがなかった。

「制服を洗ったのは、もしかしたら直せるかと思って」

怪我のことから澪の気を逸らすべく、潤は先程の質問に遅れて答える。

「えー、あれは無理でしょ。お兄ちゃん料理男子だけど裁縫は普通じゃん」

潤が再び野菜を切り始めると、澪は安心した様子でカウンターから離れた。「ママー、お兄ちゃんが手ぇ切りそうになってた」と余計な報告をしつつ、ソファーで寛《くつろ》ぐ母親の隣に座る。

潤が帰宅後すぐに洗濯をしたのは、制服の上下共に血だらけだったからだ。

洗濯置場に妹が血液洗浄用の洗剤を隠していることを知っていたので、それを拝借して揉み洗いしてから洗濯機を二度回し、捨てるしかない状態の制服をわざわざ洗って干した。

「そんなことよりほんとに病院に行ったんでしょうね。あれだけ制服が破れてて無傷なんて嘘みたいで、かえって心配だわ」

テレビのバラエティー番組を流しつつ通販カタログをめくっていた母親の渉子《しょうこ》は、「頭とか、見えない怪我が怖いのよ」といってくる。

「大丈夫、CTスキャンやったし」

潤は病院になど行っていなかったが、嘘をつき通すことに決めていた。

料理に使う味噌を計量スプーンで適当に剝《へず》っていると、「お金はどうしたのよ。CTなんて高いはずでしょ？　保険証は？」と訊かれる。渉子は細かいことを気にしない楽観的な性格だが、一人息子が交通事故に遭ったと聞いて、さすがに気が立っているようだった。

「保険証はなかったけど、全部相手が払ってくれた。リムジン乗ってるくらいの金持ちだから、なんでもないことなんだろ」

「それにしたって連絡先も聞かないなんて」

「医者が問題ないっていうんだし、どこも痛くなかったんだからいいだろ」

「じゃあ制服代はどうすんのよ。金持ちならそこまでしっかり出してほしいわ……っていうか、ぶっちゃけお金の問題じゃないのよ！　常識的に考えて連絡先も教えないなんて変でしょっ。病院に連れていってCT受けさせるくらいの誠意があるなら、親に謝罪の電話の一本も寄越すべきだと思うわけ」

渉子の苛立《いらだ》ちは、潤の想像を超えるものだったらしい。通販カタログをソファーに向かって放り投げ、「うちの子に何かあったらどうしてくれんのよっ」と声を荒らげた。

「ほんとにねー、お兄ちゃんの顔に傷でもついたら皆泣くよー」

「俺が勝手に飛びだしたんだし、相手は悪くないから。あと、制服代は自分で出す」

潤は竜嵜可畏の顔を思いだしながら、家族向けに考えた設定を間違えないよう整理する。

帰宅したのは正午過ぎで、その時点では誰もいなかったのだから何もなかったことにすればよかったのだが、そうするにはあまりにも制服や鞄《かばん》の損傷が酷かった。

貯金を下ろして学校の購買部に行ったところで明日までに制服を用意できるわけではなく、そもそも新調するには理由が必要になる。それに帰宅してからしばらくは骨が熱くて、全力を尽くしてようやく洗濯できる程度の力しかなかったのだ。

結局、芸能事務所の社員から逃げて車道に飛びだし、リムジンと軽く接触したら転倒して、そのまま病院に連れていってもらったことにした。掠り傷一つなかったが、制服が破けたので適当な服を買ってもらい、マンションの前で別れたので名前は聞いていない——と説明した。

前半と中盤はだいぶ違うが、後半は事実に近い。

ただし様々な出来事が重なったせいで、曖昧《あいまい》な記憶と鮮明な記憶が混在していた。

今でも夢かうつつか見極めがつかない部分が多々ある。

運転手の山内という男が駅前のデパートに行き、高そうな……しかしやや大きいカジュアル服を買ってきたのは確かだ。その服は今も部屋にあり、現実味のある物的証拠になっている。

ブランドショップの紙袋に詰めて運んだ制服は、目をそむけたくなるほど血塗《ちまみ》れだった。

逆に自分の体には掠り傷一つない。今も、些細《ささい》な傷とはいえすぐに治るはずのない切り傷が、あっという間に完治したのだ。

どんなに夢だと思いたくても、こんな状況では自己暗示もかけられなかった。

『明日の夜、迎えにいく。竜泉の寮に入る支度をしておけ』

人間でありながら不思議な力を持ち、そして動物のように感情を伝えてきた男——竜寄可畏からいわれた最後の言葉が頭に響く。

マンションの前で、リムジンから降りる際に聞いた言葉だった。

たった今耳元で囁《ささや》かれているかのような臨場感を持って、低い声で再生される。

「制服はすぐ注文するとして、明日どうするの？　冬服着ていくにしちゃ暑いわよ」

「ジャージで行く。朝練の時は許可されてるし」

「バスケ？　高三の二学期からは部活ないんでしょ？」

「そうだけど、朝練くらい早く登校すれば……まあ平気」

ソファーからカウンター越しに注がれる渉子の視線が気になり、潤は手慣れた料理の手順に迷う。冷蔵庫の扉を開けたが何を出すつもりか思いだせず、しばらく考え込んでから閉めた。

そしてまたミスをする。

今夜はサラダと味噌汁だけではなく、ナスとピーマンの味噌炒めも取っておいてと頼まれていた。それはつまり、「あとで肉を足して食べるから、二人分フライパンに残しておいて」という意味だったのだが、うっかり大皿を出して全量を流し込んでしまった。

あ……と思った途端、渉子が立ち上がる。

「ひき肉入れようと思ってたけど、いいや。皆でそれ食べよっか」といってきた。

妹の澪も、「お腹空いたしねー」と賛成し、弄《いじ》っていた携帯をポケットに入れる。

潤は「あ、うん」と答えながら、次の瞬間には胸を詰まらせた。

父親似の自分とはあまり似ていない、黒髪黒目の母と妹の顔を交互に見てから、さりげない振りをして「取り皿」と呟《つぶや》き、背中を向ける。

自分に何が起きているのか、竜嵜可畏が何者なのか知らないが、あの男のいう通り、特別な血を輸血されたことで奇跡的に助かったのだとしたら……そう考えると、本来進むべきだった運命の行く末に身震いした。

今頃、自分は死んでいたのだろうか。

母親の職場や妹の高校に緊急連絡が入り、二人は病院の霊安室で泣き崩れ……父親が死んだ時のように、通夜や告別式が執り行われる。

普段は活発で少し雑なくらいの母親は、夫を亡くした時と同様に、激しく嗚咽《おえつ》して憔悴《しょうすい》するだろう。妹も、初めて痛感する身内の死に大きなショックを受けるに違いない。

——ここにいる俺、実は幽霊だったりして。

潤は食器棚から取り皿を出し、その流れで手の甲を抓《つね》ってみた。

普通に痛みがあり、夢から覚めることはない。

「んー、アボカドとチーズ美味しーい。お兄ちゃんほんとアボカド好きだよね。あたしも好きだけど、さすがに毎日は飽きない？」

「こってりした物が欲しくなるし、味つけ変えればそんなに飽きない」

いただきますのあとにサラダから食べ始めた澪は、青々としたアボカドと真っ赤なフルーツトマトを、クリームチーズの上に上手く載せて頬張った。

全体にかけてあるのは、オリーブオイルと醬油《しょうゆ》と山葵《わさび》だ。

潤は完全菜食主義のヴィーガンではなくラクト・ベジタリアンなので、乳製品は摂っている。

本能的に脂肪分が欲しくなるため、森のバターとも呼ばれるアボカドを毎日のように食べ、ヨーグルト、チーズ、オリーブオイル、ココナッツオイルなどを好んで摂取していた。

口にするチーズはもちろん、動物性レンネット（仔牛の胃で作られる酵素）不使用の物だ。

家族以外にはアレルギーで通していて、誰にも本当の理由を告げるつもりはないが、殺生に関わる食品だと思うだけで気分が悪くなってしまう。食に関してだけではなく、毛皮や本革も苦手で、それなりに苦労をしてきた。

「ねえ、今日の事故の件だけどさ……元はといえばお兄ちゃんが事務所の人から逃げてるからじゃん？　いい加減、腹括《くく》ってデビューしちゃいなよ。歌も演技も嫌ならモデルだけでもっていわれてんでしょ？　一七五センチなんてモデルにしては小さいのに」

「そういう世界がどうしても嫌なら『二度と来るな』くらいのこといいなさい。へにゃへにゃ笑って曖昧に断ってちゃ向こうも諦めつかないでしょ」

「へにゃへにゃってなんだよ。ちゃんと断ってるし」

「断るのが下手なのよ。誰からも好かれるのは結構だけど、愛想がいいっていうより八方美人なのよね。ほんとに美人なんだから少しくらいツンとしててもいいのに」

「いや、ツンとしてる時はしてるし」

「好きでもない子と付き合ってダルそうにしてる姿なら知ってるけどね。なんでも曖昧にして適当にいい顔するから相手に期待させて面倒に巻き込まれんの。嫌われるのなんか怖がらずに堂々と断んなさい。どんだけヘタレなんだか」

デリケートな部分を滅多刺しにしてくる母親を前に、潤は反論する気力を失う。

しかし黙っているとさらに口撃されるのがわかっているので、眦《まなじり》を決して顔を上げた。

「べつに嫌われるの怖がってるわけじゃないし、子供の頃は誰にでも優しくとかいったくせに、気まぐれに教育方針変えんのはどうなんだよ。それに俺っ、告られてもちゃんと断ってるし、好きでもない子と付き合った覚えもない」

「あらそう、ごめんなさいね。付き合って浮かれてるとこなんか見たことないし、毎回物凄くダルダルに見えるもんだからホモかと思ってたわ」

「……っ、違う！　付き合ってみたらなんか違うってことはあるだろ!?」

母親にホモという単語を出された途端、食べた物が逆流するかと思うほど胃が反応した。

「ママ、今はホモとかいっちゃ駄目なんだよ、ゲイっていわないと差別になるんだって。お兄ちゃんはさー、彼氏はもちろんだけど彼女も迂闊《うかつ》に作んない方がいいと思うよ。デビューしてから写真とか動画とか流出するとヤバいじゃん？」

「デビューなんか絶対しない。顔で評価されても嬉しくないし、他人に自分のこと知られてるとか、売れてるとか売れてないとか大っぴらに順位つけられるなんて冗談じゃない」

「潤は顔のわりに自信がないのよねぇ。勉強もスポーツも中の上から上の下くらいを行ったり来たりで、だいたいなんでもそつなくこなすけどトップは取れない。顔とスタイルだけはここらじゃ間違いなくナンバー1なんだから、見た目重視の世界に飛び込んでトップ狙うのもいいんじゃないの？　戦う前から負けててどうすんの？」

「そういう問題じゃなくて、向き不向きってあるだろ？　どうして子供の人格というか、生き方を否定するようなことというんだよ。親ならありのままを受け入れるとかできないもんかな」

「それは自分が親になったら実践してちょうだい。私には私の人格があるの。潤は動物や魚や鳥の気持ちがわかるくらい感受性が強いんだし、いい父親になれるかもね」

潤の特殊な能力を信じていない渉子は、自分の息子は特別豊かな感受性の持ち主だと考えている。潤もそれに関しては否定も肯定もせず、子供の頃のように生き物の気持ちを代弁したり、人とは違う力の存在をアピールしたりもしないので、潤の能力は結局のところ思い込みとして片づけられ、妹の澪も渉子と同じ考えになっていた。

「お兄ちゃんが芸能人なら色々いいことありそうなのにー……たとえばさぁ」

そう切りだした澪の口は、しばらく止まらなかった。

お兄ちゃんが売れればママは仕事を辞められて楽になるとか、都心に引っ越せるとか——延々と妄想を語った挙げ句に、自分もスカウトされたらどうしようとそわそわし始める。

「今度会ったらマジで断る。もうその話題やめろ」

「お兄ちゃんには向いてると思うけどなぁ……順応性高いし、変に色っぽくて華があるもん」

「色っぽいとかいうな。お前ウザい」

潤はムッとし、それ以上に怒った澪は、「何それムカつく」と吐き捨ててから口を閉じた。

澪は日本人の母親似で潤ほど人目を惹く容姿ではないが、客観的に見て可愛い部類に入る。

二つしか違わないため小憎らしく思う時も頻繁にあり、今も軽い口論になって苛立ちはするものの、今夜の潤は澪のことを、心のより深いところで妹として強く意識していた。

母親にしても同じだ。物いいがきついので癒しになるタイプではなく、妹を上回る勢いで腹立たしく思うこともあるのだが、こうして顔を見ているだけで安心する。

――ムカつくこともしょっちゅうだけど、でも、死んだら喧嘩もできないし。

父親を早くに亡くしているとはいえ普段はあまり考えないが、どちらも健康で、幸せでいてほしい家族だ。

そして自分自身も、彼女達にとって大切な存在であることをわかっている。

同じように、或いはそれ以上に愛してもらっているから……だから簡単に死ぬわけにはいかないし、今ここで普段通り過ごしていることは、奇跡のような幸運なのだ。

――生きてて、よかった……それは確かに、ほんとによかったんだけど、怪我してもすぐに治る妙な体になって、これからどうすればいいんだ？　竜泉学院の寮に入る支度をしろって、それはつまり、転校しろって意味なのか？

目の前に母親と妹がいるのに、竜嵜可畏の顔や声を思いだす。

ほっとした気持ちから一転、鼓動が激しく鳴り始めた。

生物的に何か違うと感じたのは間違いではなく、あの男はやはり特別な力を持っていたのだ。

アスファルトの血を掌で吸い上げたのも、信じ難いが現実だったのかもしれない。

そうでなければ、あの血だまりが人目に晒されて大騒ぎになっているはずだ。

——何者なんだ、アイツ。明日の夜、迎えにくるとかいってたけど。

また会うことになるのかと思うと、それだけで胃や心臓が引き絞られた。

食事が喉を通らなくなる。鮮烈な印象の瞳に、今でも囚われている気がした。

——あんなに威圧的で悪そうな雰囲気なのに、誰かと一緒にいたい、なんて……。

可畏の発言からして気に入られたのは間違いないので、今のところその『誰か』は、自分ということになる。彼の言動にはそぐわない淋しさを、どう埋めろというのだろうか——。

「……っ」

潤は白飯を必要以上に咀嚼《そしゃく》しながら声を漏らし、並んで座る二人に目を向ける。

幸いテレビの音で掻き消され、気づかれてはいなかった。

——なんだよ、これ……。

ダイニングテーブルの下では、性器が反応していた。たった一度のことなのに、竜嵜可畏に関する記憶をパブロフの犬のように快楽と結びつけてしまったのだろうか。

美しくも野性味のある顔立ちや獣のような瞳、肉感的な唇……そして流れ込んできた意外な感情を思えば思うほど、体が火照って一点に血が集まる。

硬い芯を帯びた雄は、再生過程の骨にも負けない熱を孕《はら》み、ずきずきと疼《うず》いていた。

《四》

九月二日、午前七時四十分——明け方まで寝つけなかった潤《じゅん》は、予定していた時間には起きられず、寝坊していつもの電車に乗った。

朝練の時間とずれたのでジャージ登校というわけにはいかなくなり、上は夏服の半袖シャツ、下は冬服のパンツという出で立ちだ。

夏と冬のパンツは色味からして違うので、誰かと会ったら理由を訊《き》かれるだろう。教師にも小言をいわれるかもしれないが、「フェンスに引っかけて破れちゃったんで、今日注文します」と答える心積もりでいた。

——パンツはセミオーダーだから高いんだよな……三年の二学期に夏服作るとか、凄《すご》い無駄。自分で出すっていっちゃったし。

吊り革を握りながら制服代を見積もった潤は、深い溜め息をつく。

父方の祖父が米兵だったため、潤の血の四分の一はアメリカ人で、平均的な日本人とは腰の高さが違う。パンツの丈はもちろんブレザーの袖も足りず、細身でありながらロングという、追加料金必須の調整が必要だった。

少ない貯金がさらに減ることや、人が多過ぎる小田急《おだきゅう》線上りのラッシュに辟易《へきえき》していると、次は読売《よみうり》ランド前駅だとアナウンスが流れる。

自宅は新百合ヶ丘《しんゆりがおか》駅から十五分の場所で、かろうじて東京《とうきょう》都だが、駅自体は神奈川《かながわ》県にあるため、学校に行くには電車に乗って読売ランド前駅で降りてバスに揺られ、再び県境を越えて東京都に入ることになる。

潤は優先席の前に立ちながら、鮨《すし》詰めの車内に視線を向けた。

今は人が多過ぎて判別できないが、この電車に友人数名が乗っているはずだ。

降車後は自動販売機の横に集合し、ぞろぞろと足並みを揃《そろ》えてバス停に向かうのがいつもの流れになっていた。

——普通にできるのか、俺。なんか様子が変とか思われないようにしないと。あと、人前で怪我《けが》をしないように……。

潤は緊張しながら、昨日やり取りしたいくつかのメールを思いだす。

無断欠席について夕食後に担任から電話があり、母親が事故のことを簡単に説明していたが、仲のよい友人やクラスメイトからも電話やメールが相次いだ。誰からの電話にも出なかったが、メールには一律に返した。

——登校時に車と接触しそうになって、無事だったけど制服が破れたから休んだ。ただそれだけのことで、俺は何も変わらない。受験で夏休みの話も特になくて、暑いとか怠《だる》いとかいいながら、ただ普通に……。

昨夜は恐怖と不安と、竜嵜可畏《りゅうざきかい》にされた行為に対する怒りと羞恥、そして何故か読み取ってしまった彼の感情に振り回された。

巡り巡って最後には、「生きててよかった」という安堵《あんど》に落ち着く無限ループだ。

自分が死んでいた場合の世界を想像して、泣きそうになった瞬間もある。

ドアがプシューッと気の抜けた音を立てて開き、電車が駅に到着した。

潤は気持ちを切り替え、今はとにかく平常心を保とうと努める。

普段は自然に出る笑顔を、今日は意識的に作ってホームに降り立った。

読売ランド前駅という名でありながら、遊園地のよみうりランドからは少し遠い駅のホームには、電車の各ドアから出てきた寺尾台《てらおだい》高校の生徒が大勢いる。

「――っ！」

いつもそうしているように自動販売機に向かった潤は、人混みの中でぴたりと足を止めた。

誰かが肩にぶつかってきたが、反応する余裕はない。

止まった地点から約十メートル先にある自動販売機の左横には、夏服姿の友人が二人いた。

そして右横には、竜泉《りゅうせん》学院の制服を着た男子高生が四人立っている。

しかし驚くべきは竜泉学院の生徒の姿ではなく、彼らの背後にあるものだった。

竜嵜可畏には遠く及ばないが、平均よりも体格がよい四人の男子高生の背後に、二メートル以上もある四つの影が見えた。それらは地面ではなく宙に向けて伸びており、光とは無関係に存在している。そのうえ平面ではなく、立体的な影だった。

──な、なんだ……あれ……四人全員に、大きな影が！

自分を待っていた友人が歩いてきて、「よーっす」と、朝の挨拶《あいさつ》をしてくる。同時に、階段近くに控えていた他校の女子高生三人組が、小さな紙袋と手紙を手に駆け寄ってきた。

「あのっ、沢木《さわき》さん、これ受け取ってください！」

潤は友人二人と女子高生三人を余所《よそ》に、竜泉学院の男四人と、その背後の影に囚われる。

何も見なかったことにして、いつも通り笑ってやんわり断ろうと思っても、釘づけになった視線を動かせなかった。

友人も女子高生も、あくまで視界の隅だ。ぼんやりと展開されるピントの合わない絵空事《えそらごと》のようで、皮肉にも、非現実的な謎の影の方が現実味を帯びて見える。

そのくらい鮮明に見える影の正体を知りたくなった潤は、自然な欲求により目を凝らした。

女子高生に構っていられない中で、友人の森脇《もりわき》が「昨日ちょっと色々あって調子悪いみたい。出直した方がいいかもよ」とフォローを入れてくれているのが聞こえる。

ありがたいと思ったが、潤はそれでも四つの影を見続けていた。

最初のうちは後ろの壁が透けて見えたものの、集中すると影の透明度が低くなる。

立体感を増して濁ることにより、壁はどんどん見えにくくなっていった。

その代わり、影に模様や細かな凹凸のようなものが浮かんでくる。

――あれは、羽毛……か？　大型の、爬虫類《はちゅうるい》みたいな顔の鳥？　やけに長い尾の……。

潤は友人達に肩を揺さぶられ、「竜泉の坊ちゃん連中がどうかしたのか？」と訊かれたが、自問自答で頭がいっぱいだった。

それでもなんとか口は動いて、「なんでもない」とだけ返す。

怖いもの見たさもあり、見れば見るほど変化する影から目を離せずにいると、閃《ひらめ》きのように突然、一つの単語に行き着いた。

――恐竜、だ。そうだ、恐竜！　鳥っぽい大きな後ろ脚と、短い前脚。物凄く長い尻尾に、デカい頭と牙だらけの口……そうだ、間違いない。恐竜の影だ！

自分が目にしているものが信じられない潤に向かって、竜泉学院の男達が動きだす。

同時に立体的な影も迫ってきて、潤は無意識に一歩下がった。

「沢木潤さんですね？　初めまして、竜泉学院三年の辻《つじ》と申します。うちの生徒会長が貴方に会いたいと仰《おお》せです。車を寄せてますので、このままお越しいただけませんか？」

竜嵜可畏と同じ制服姿の男――辻は、背後に恐竜の影を背負いながら腕に触れてくる。

彼が喋《しゃべ》ったり手を動かしたりすると恐竜も同じように変化し、地面にできた人型の影以上に、細かいところまで連動していた。

ところが一度視線を逸らすと、羽毛や模様が消えて透明度の高い影に戻ってしまう。

牙も見えなくなり、すべてが薄く透けて表情もわからなくなった。

ディテールを視認するには、目を凝らして集中する必要があるらしい。

「沢木、なんなんだいったい。知り合いなのか？」

友人の森脇が割って入り、辻の手首を摑《つか》む。

森脇は柔道部の前主将で体格もいいので、過去にも潤が他校の男子に因縁をつけられた際に庇《かば》ってくれたり、女生徒に囲まれて困った時に盾になってくれたり、何かと頼もしい友人だ。

「無関係な奴は引っ込んでいてくれないか？」

「は？　関係なくねえし。お前ら沢木になんの用だ？」

「手を放せ。雑魚《ざこ》に用はない」

森脇に手首を摑まれた辻は、冷めた口調でいいながら森脇の顔を眇《すが》め見る。

朝の光に照らされた黒い瞳が、一瞬だけ赤く見えた。

「う、う」

静かな口調と、流し目のような一睨《にら》み。ただそれだけで、森脇はサッと手を引っ込めた。

その仕草には明らかに怯《おび》えがある。森脇は竜泉の四人よりも体格がよく、喧嘩《けんか》をしたら勝てそうなのに――まるで蛇に睨まれた蛙《かえる》の如く畏縮していた。こんな彼を見たのは初めてだ。

「沢木潤さん、どうぞこちらに」

「……森脇、ごめん……大丈夫だから」

怯《ひる》んで立ち竦《すく》む森脇と、もう一人の友人、そして離れた位置で様子を窺《うかが》っていた女子高生に視線を向けた潤は、困惑しながらも竜泉の四人について行く。

階段を一段下りるごとに心臓が破裂しそうだったが、ここで逆らうのも逃げるのも得策ではない気がしていた。

――特殊能力とかじゃなくて、人間じゃ、ないんだ。

友人二人が、「沢木っ」と心配そうに声をかけてくる。

しかし名前を口にするだけで、どちらも追ってはこなかった。

潤は昨夜包丁で傷つけた左手の人差し指に、親指の爪を食い込ませる。

血塗《ちまみ》れになった制服と矛盾する、傷一つない顔と体……謎の恐竜の影を背負う、竜泉学院の生徒四人と、彼らと竜嵜可畏に共通する赤みを帯びた黒い瞳。

とても人間とは思えない彼らの世界に足を踏み入れたくはないが、どのみちもう踏み込んでしまっているのだ。

それに、秘められた謎に興味がないといえば嘘になる。

五人で改札を出た潤は、寺尾台高校の生徒が向かうバス停とは逆方向に歩いた。

前方に二人、後方にも二人いて、逃げられないよう見張られているのがわかる。

――明るい所の方が、影が薄くなるみたいだ。

地面には前方を歩く二人の人影が濃く出ていたが、宙に模《かたど》られる恐竜の影は薄かった。あるのかないのか、ほとんど見えない程度だ。

もし最初からこの状態で彼らを見ていたら、妙な影に気づかなかったかもしれない。

——恐竜の尻尾が、俺の足をすり抜けてる。

前を歩く二人が背後霊のように連れている恐竜の尾は長く、後肢からは大きな鉤爪《かぎづめ》が突きだしていた。彼らがちらりと後ろを振り向くと、恐竜の影も動く。

柔軟に頭を動かして、こちらを見ているようだった。

「生徒会長って、竜嵜可畏って人？」

「そうです。今後は可畏様とお呼びください」

前方にいた辻が答え、丁字路の前で足を止める。

「あの御方は平凡な人類とは違うのです。可畏様の血を受けて一夜を経た今の貴方なら、口で説明しなくてもわかることでしょう」

辻にそういわれた潤は、前方にいたもう一人に腕を掴まれて引っ張られた。

覚悟する暇もなく、丁字路を曲がることになる。

「——っ、う、あ……っ！」

見慣れた駅の反対側。そこには、人気《ひとけ》の少ない二車線の道路があった。

黒塗りの巨大なキャンピングカーが、歩道に寄り添うように停まっている。

どんなに寄ったところで、一車線をほぼ塞いでいる状態だった。

車種としてはキャンピングカーに違いないが、キャンプに使うとは思えない仕様に見える。

窓の少ないリムジンバスか、鉄柵を外した護送車といった風情だ。

そして、潤は彼らの言葉の意味を知る。

視線は和やかな駅に不似合いな物々しいキャンピングカーではなく、その上に向かった。

夏の朝の強い光の中で、それは薄く透けながらも確かに存在していたのだ。

「な、なんだよ、あれ……」

最早、何メートルあるのか推測もつかないほど大きな影。

すぐ横にある五階建てのビルを超える高さがあるが、驚くべきは体長の方だった。あまりの大きさに大部分が建物と重なっており、全容を捉えるのは街中では難しいと思われる。

「恐竜……っ」

前後にいる四人が背負っている恐竜については名前がわからなかった潤も、この恐竜の名はすぐにわかった。

おそらく世界一有名で、恐竜の代名詞ともいえるだろう。

確実にすべく目を凝らすと、影は少しずつ濃くなって透明度が下がり、より立体的に見えてきた。鳥のような羽毛はなく、びっしりと張り巡らされた黒っぽい鱗《うろこ》がある。

全身には細かな突起、巨大な頭と、正面を向いた赤い目。

そして内向きにカーブした無数の牙——博物館で見上げた骨よりも圧倒的に大きく、映画で観たCGよりも迫力のある暴君竜、ティラノサウルスだ。

「ティラノッ!?」

「超進化型のティラノサウルス・レックスです」

「レックス……映画で、T・レックスって、いわれてたやつ、か?」

「中生代から脈々と受け継がれる恐竜遺伝子を持つ我々竜人は、世代交代の度に恐竜と人間の長所を選択して進化しました。数千万年の時を積み重ねた末に、可畏様のような……俊敏《しゅんびん》かつ巨大なT・レックスが誕生したのです」

「もちろん知能は高く、寒さに弱いということもありません。可畏様は完全無欠、弱点のない御方です。お仕えできることは大変幸運なことですよ」

前方にいた辻ともう一人が説明している間に、後方にいた二人が車体前部のドアを開ける。

強引に歩かされた潤は、巨大な暴君竜の後肢の影をすり抜ける形で車の横に立たされた。

——わけ、わかんないけど、このT・レックスの影が誰のものかは……。

すでに可畏のものだと断言されたも同然だったが、いわれなくてもわかる気がした。

今はもう見えないティラノサウルス・レックスの目が、あの男の瞳に似ていた気がして……

怖くとも、少しだけ既視感があった。

——人間じゃないから、俺は昨日……アイツの感情を読み取れたのか?

潤は呆然《ぼうぜん》としながらも、辻に促されるままステップを上がる。

可畏＝恐竜として考えれば、彼の気持ちを受け止めて同調した現象の説明はつくが、だからといって気は休まらなかった。科学で説明できない不思議なことは確かにあるのだと……身を以《もっ》て知っていても、やはり無理だ。とてもじゃないが頭が追いつかない。

「一日ぶりだな、沢木潤」

リビングのような車内に足を踏み入れると、竜嵜可畏の声に耳を打たれる。

やはり印象深い声だ。特に威圧的な言葉でもないのに、全身の皮膚がサァッと粟立つ。

車内には細長いテーブルを囲んでコの字型に配された白いレザーのソファーがあり、可畏は最奥の中心に座っていた。昨日と同じく、エポレットとエンブレムがついた制服姿だ。

黒に限りなく近い暗紫色のネクタイを、今日も緩めに締めている。

キャンピングカーの車内はシンプルな外観とは違い、煌《きら》びやかなインテリアが眩《まぶ》しく輝いていた。側面上部には開放感のある窓が横長に延びており、ベースカラーは金と茶だ。

大理石の床や壁、クリスタルのシャンデリア、バーズアイメープルの調度品。そして可畏が座っている白いソファーが、とても目立っている。

「昨夜はお前の夢ばかり見て、寝た気がしなかった」

「──俺の……夢?」

「お前を弄《いじ》り倒して退屈を紛らわせる夢だ。おかげで夜まで待てなくなった」

フッと笑った可畏に向かって、潤は否応なく歩かせられた。

足が竦みそうだったが、後ろから押されて一歩二歩と進むことになる。

「一日経って、見る目が備わったか？」

「……っ、見る目って……」

「目の力には個人差が出るもんだが、お前にはこの俺の血をたっぷりくれてやったんだ。それなりに見えてるはずだ」

潤は「なんの話かわからない」と主張した方がよい気がしたが、時はすでに遅かった。

他の四人に対して、恐竜が見えたことを口にしてしまったあとだ。

「今は、車の中だし……わからない。大き過ぎて、それに、影が重なってて」

結局ありのままを語った潤は、自分で自分の首を絞めている気分になる。

説明した通り、車内にいると恐竜の影はほとんど気にならなかった。

可畏の背後にあるものも、薄い灰色のバックグラウンドでしかない。

試しに後ろを振り返ってみると、運転手を含めて五体分の影が見えるようではあるのだが、これもまた、重なり合っている上に天井を突き抜けていて、先入観がなければよくわからない程度だった。

「俺の竜の名は、いうまでもなくわかるな？」

「——T・レックス」

「そうだ。因《ちな》みにそいつらは全員、ヴェロキラプトルの遺伝子を持つ竜人だ。多少進化したが、本来は犬程度の大きさしかない。如何《いか》にも小物って顔だろ?」

十人並以上の見目を持つ四人を嘲《あざけ》り笑った可畏は、長い足を組んで座ったまま指先を引く。手招きで「来い」といわれているのがわかったが、いう通りにするのは抵抗があった。

いくら普通の人間ではないとはいえ、同じ学校に通う生徒を小物呼ばわりするのも、他校の生徒を車に連れ込んで指先で好きにしようとするのも、失礼極まりない話だ。

「可畏様がお呼びです。座ってください」

傷だらけの鞄《かばん》を奪われて背中を押された潤は、テーブルの横を通ってコの字型のソファーの奥まで行くことになる。行きたくなくても押されるので、あえて足取りを重くし、不本意だということを思い切り表情に出した。

潤がしぶしぶ隣に座ると、可畏はすぐに手を伸ばしてくる。

ずっしりと重く伸《の》しかかる右腕で、肩を抱かれた。

そのまま引き寄せられ、いきなりキスをされそうになる。

「……え、ちょ……っ」

慌てて下を向いて逃げようとすると、より強く肩を押さえ込まれた。

挙げ句に顎《あご》を摑まれる。強引に上向かされた先にあるのは、肉感的な唇と、あの目だ。

「う、ん……っ、う」

昨日に続いて、またしても勝手なことをされてしまった。

好きだと告白されたわけでもなければ、付き合ってくれといわれたわけでもない。

何も許していないのに唇を奪われ、無理やり舌をねじ込まれる。

唾液《だえき》を啜《すす》るような、濃厚なキスだった。

「う、ぅ——っ」

右肩にあった手は肩から胸へと移動し、夏服のシャツの中に忍び込んでくる。

ボタンが一つ弾け飛んだ軽い衝撃のあとで、可畏の指が乳首に触れた。

「ん、ぅ⁉」

やめろといいたくても肉厚な舌に蹂躙《じゅうりん》されて何もいえず、手慰みに乳首を撫《な》でられる。

指の腹で転がすように弄られると、そこは次第に尖《とが》っていった。

周辺の皮膚が張り詰める感覚がある。過敏な先端をくりくりと転がしながら擦り上げられ、足の間まで反応してしまった。

——こんなこと、よくも、人前で……！

昨日は最初から全裸で足を広げられ、口淫《こういん》までされたが、それでも今よりはマシだった。

運転席と後部座席は完全に区切られていたため、少なくともギャラリーはいなかったのだ。

今は竜泉の生徒が四人も同じ空間にいて、視線を感じる。

車が動きだすと同時に、彼らは「失礼します」と断って長いソファーの端に座った。

それでもやはり視線は感じる。ねっとりと、肌に纏《まと》わりつくようだ。

「ふ……っ、は……」

四人の男の前で同性から無理やりキスをされ、乳首を撫でられたり押し潰《つぶ》されたり、好きにされていることが悔しくてたまらなかった。

そのくせ体は早々に反応し、畏縮するどころか興奮している。

乳首を摘まみ上げられて先端に爪を当てられると、全身がひくついてしまった。

ハフッ……と甘い吐息が漏れ、同時に溢《あふ》れた唾液を可畏の舌で攫《さら》われる。

――コイツ……キス、上手い……。

唾液を交わすというより求められて飲まれているのが、普通のキスとは違っていた。とても貪欲《どんよく》なのに官能的で、恥ずかしくてたまらなくなる。

潤は諦《あきら》め切れずに抵抗を続け、可能な限り肩を揺さぶってみたり、床を蹴った反動で上体を反らしたり、可畏の胸元を拳で何度も打つ。そうすることでどうにかキスを終わらせ、胸への愛撫《あいぶ》も絶ち切りたかった。

しかし可畏は動じず、叩《たた》いてもびくともしない。

逃げようとする行為に対して、先回りともいえるくらい速やかに反応した。

両腕の力は信じられないほど強く、鉄や壁を相手に戦っているような無力感に襲われる。

――駄目だ……びくともしないし、全然……敵わない。人間じゃないから強いのか、ただの人間だったとしても強いのかわからないけど、力が違い過ぎる。こんな奴に本気になられたら、逃げられるわけがない。

同性愛に対して偏見などなかったが、自分は男と付き合う気などないし、性別とは無関係に、人としてこういうやり方は嫌だと思った。仮に女だったとしても、こんな男は御免だ。

強気な男に迫られて——なんて漫画にはよくありそうだが、あくまで仮想世界の話であって、現実は踏むべき段階をきちんと踏んで進むものだ。展開する速度に個人差があったとしても、好意を示すことや相手の了解を得ることは、絶対に飛ばしてはならないものだと、自分は思う。

「——ツ、ゥ！」

口の中で、ガリッと鈍い音がする。

これ以外に終わらせる手段はないと判断した潤は、できればやりたくなかったことをした。人を傷つけるのは怖いが、それでもこうするしかなかったのだ。

「可畏様!?」

自分が噛《か》みついた唇が、目の前に来る。

可畏が呻《うめ》いて顔を引いたことで、前輪側に座っていた四人が弾けるように立ち上がった。しかし彼らが入り込む余地はない。可畏の血の味を舌で感じた時にはもう、視界が彼の手で占められていた。潤は元々血が出るほど噛むつもりはなく、口は「ごめんっ」といおうとして開きかける。だがすでに遅かった。

「うあぁっ！」

可畏の掌が頬に打ちつけられ、勢いよく飛ばされる。

ソファーから床に転げ落ちる間に、忌々しげな舌打ちが聞こえた。

「顔と腹は蹴るなよ。吐かれると面倒だ」

潤の体はドサッと床に沈み、ヴェロキラプトルの四人に土足で背中を踏みつけられる。

サッカーボールのように蹴ったり踏んだり、四方から絶え間なく責められた。

顔と腹は除かれているものの、まるで容赦がない。

「う、ぐあ……っ、あぁ！」

謝りかけた状態で平手打ちされたため、舌を噛んで酷く出血していた。

呻けば呻くほど溢れる血は、可畏の血の味と混ざってどちらの物かわからなくなる。

叩かれた顔や、切れた口内、そして体中が痛かった。全身の骨がどうかしそうなほど蹴られ続ける最悪の時間の中で、潤は磨き抜かれた床にポタポタと滴り落ちる血を見つめる。

痛みに意識を囚われている場合ではなく、自分がこれから取るべき言動について真剣に考えなければならない。

対人間に求める常識的なプロセスを、暴君竜に求めること自体が間違いだったのだ。

これが夢ではなく現実だとして、先程聞いた恐竜遺伝子云々の話が本当だとしたら、彼らは映画さながらに人間を食い殺すのかもしれない。

日本にいて高校生として生きている以上、相手構わず殺しまくるようなことはないとしても、油断はできないし、猛獣同然だと思って接する方が正しいのだろう。

「床に落ちた血はくれてやる。獲物は寄越せ」

「はい」

可畏が命じると、四人は口を揃えて攻撃を止めた。

潤は左右から脇に手を入れられ、強制的に立たされる。

足が縺《もつ》れてまともに歩くこともできなかったが、半ば浮かされる恰好《かっこう》で奥まで運ばれ、元の位置に戻された。すぐにまた肩を抱かれるものの、身を揺さぶって嫌がる気力もない。

「……っ、あ」

車内が見渡せる最奥に腰を落ち着けた潤は、目の前で繰り広げられる光景に絶句した。

名門高校の制服を着た、それなりに見目のよい四人の男が床に這《は》いつくばって、潤が点々と床に散らした血を競わんばかりの勢いで舐《な》めだしたのだ。

「地べたを這う蜥蜴《とかげ》みたいだろ？　お前と違って身の程を弁《わきま》えてるだけマシだけどな」

再びキスをされるのがわかり、潤は唇を引き結ぶ。

奥歯が軋むほど歯を食い縛ったが、顎を摑まれて強引に親指を突っ込まれた。

口内の血が唾液と共に溢れだす一方で、顔の痛みがなくなっていることに気づく。

打たれた頬も嚙んだ舌も痛くない。体の痛みも徐々に引いていった。

「お前は俺の恩情で命を救われ、高い治癒能力を手に入れた。餌《えさ》になったお前の所有権は俺にあり、俺は自分の餌を好きな時に味わって愉しむ権利を持ってる。そういうわけで、さっさと転校して来い。寮生として二十四時間俺に仕えろ」

「……権利？　転校、とか仕えろとか……おかしいだろ、それ。命を助けてもらったのは感謝するけど、アンタのいってることは、なんか違う」

自分の常識は通じないとわかっているのに、「はい」とはいえなかった。

痛みを受けている間は心も脆《もろ》くなるが、過ぎてしまえば残るのは怒りばかりだ。

「まだ俺に逆らう気か？　お前には生餌《いきえ》として俺に尽くす義務がある。アイツらのように媚《こ》び諂《へつら》って可愛い態度を取ってりゃ、それなりにいい思いをさせてやるぞ」

「――餌っていうけど、肉食恐竜の獲物が皆、大人しく食われるだけってわけじゃないだろ？　恐竜のこと、ちょっとは興味あるから知ってるぜ。トリケラトプスみたいに、ティラノの腹に角を突き立てて戦って、捕食されるのを免れた奴だっていたはずだ」

潤が渾身《こんしん》の力を籠《こ》めて睨み上げると、可畏は俄《にわか》に目を見開く。虹彩に赤が混じった黒瞳を、純白の白眼の中央で円くして、それから口角を吊り上げた。さも愉快げに笑う。

「面白えな。ツンツン気位高ぇブランド猫みたいな奴かと思えば、あのデブ恐竜に譬《たと》えるか。牙も角もないくせに――」

潤は目に籠めた力を抜かず、迫ってくる可畏にも怯まなかった。

可畏の唇の傷は完治しており、自分の顔や体の痛みも消えている。彼が人間ではないことに関して現実味が増していたが、だからといって猛獣のようには思えなかった。

そう思って接した方がいいと理性で判断したところで、折り合いをつけられない自分がいる。少なくとも今、可畏は人間の姿で日本語を話しているし、人としての知能があって、会話のキャッチボールができているのだ。

それに何より、自分は知っている。彼が深い孤独を抱えていることも、口でいうよりも心の求めに従って、こうして朝から会いにきたことも——。

「猫は……好きだけど、俺はベジタリアンだから、親近感でいえばトリケラトプスの方が近い感じするし。これが夢じゃなくてアンタがもし本当にT・レックスの化身みたいなものだっていうなら……俺はトリケラトプスになって、アンタの腹に角をブッ刺してやりたいな。最後は食われるんだとしても、一矢報いるとかしてやらないと、なんか駄目だ」

「化身じゃなくT・レックスそのものだ。獲物に反撃を許すような、愚鈍な過去の個体と俺は違うぞ」

「それでもなんとかする。俎板《まないた》の鯉みたいには、なりたくない」

「足掻《あが》けば無駄に痛い思いをするだけだ。お前がマゾだっていうなら止めないけどな」

潤の発言が気に入ったらしく、可畏は笑いながら唇を寄せてくる。

顎に付着した血を舐められ、歯を食い縛る余裕もなく唇を重ねられた。

口内に残る血の味の唾液を、強く求められているのがわかる。

チュプッ……と音がするほど執拗《しつよう》に舌を絡められ、溢れる唾液を飲み干された。

シャツの裾《すそ》から手を入れられ、腰に触れられる。

指が触れた所から伝染するように痺《しび》れが駆け抜け、果ては首筋まで引き攣《つ》った。

その痺れは上半身だけではなく下肢まで伝わり、足の間に熱が籠もる。

「う、ん……っ、は……っ、ふ……ぅ」

こんな口づけに反応したくないのに、冬服のパンツと下着に包まれた股間《こかん》が湿って、蒸れていく不快感に襲われた。嫌な感覚を拭《ぬぐ》いたいあまり、膝や腰がもぞもぞと動いてしまう。

「……どうした？　昨日より感度がいいぞ」

可畏はそういうなり再び唇を塞いできて、潤に反論する隙を与えなかった。

ベルトを外そうとしているのを察した潤は、それだけは避けたいと思い抵抗を試みる。

しかし結局どうにもできなかった。人を傷つけるのは本当に難しい。

可畏の手を叩いたり指を強く摘まんだりすることはできても、本気で爪を立てて皮膚を抉《えぐ》るような抵抗はできなかった。

唇に嚙みついた際に殴られたからではなく、自分が人を傷つけることが怖いのだ。

生き物の嘆きを受け止める体質でなければ、もう少し本気で抵抗し、相手が受ける傷のことなど考えずに暴れられたのだろうか。それとも、弱い自分に言い訳しているだけなのか——。

「……っ、やめろ！　嫌だ！」

ベルトを外され下着ごとパンツを下ろされた潤は、あられもない恰好でテーブルの上に押し倒される。

走行中のキャンピングカーには朝の光が射し込み、状況は昨日と大して変わらなかった。決定的に違うのはギャラリーの存在で、可畏が「押さえてろ」と命じると、テーブルの脇に左右二人ずつ男が立つ。

「嫌だ、放せっ！　こんなこと、無理やりするようなことじゃないだろ！」

暴れないのではなく、暴れたくても暴れられない状態にされるまで、数秒もかからなかった。

潤の体は四人の手で押さえつけられ、シャツのボタンを外される。下肢は靴下と合皮の靴を残して剝《む》きだしにされた。性器は疎《おろ》か、後孔まで見えるほど足を広げられる。

「小せえ孔だな――さすがにいきなりブチ込むのはかわいそうだ」

潤は蜘蛛《くも》の巣に囚われた蝶の如く四肢を伸ばされ、押さえつけられながらも必死にもがく。

トリケラトプスの角のように、自分よりも強大な相手に一矢報いる何かはないのか……いまさら考えたところで無意味だった。いくらか役に立つはずの歯と爪は、今はどちらも可畏から離されてしまっている。

「媚薬《びやく》を使ってやる。ぬるついてよく滑る……人間にしか効かないやつだ」

「……っ、どうして、こんなことするんだっ」

「頭の悪い質問だな。俺が助けた人間が若く健康なベジタリアンで、美味い血の持ち主だった。そのうえ俺好みの美人だ。これ以上の理由がいるか？　ああ、それともう一つ……女じゃないことが重要だ。これだけ条件が揃えば、犯して当然だろ？」

「うあっ、ぁ！」

兆していた性器を強めに握られ、潤は細長いテーブルの上で弓なりに弾ける。

バーズアイメープルの美しいテーブルへの接面は、極限まで少なくなった。

触れているのは臀部《でんぶ》と肩と、あとは精々毛先だけだ。

「嫌だっ、ほんとにやめろ！　俺を抱きたけりゃ、それなりの手順を踏め！」

「手順？　つくづく面白え奴だな。けど生憎《あいにく》だな、お前の常識に付き合う気はさらさらねえし、俺には俺のやり方がある」

そういって笑う可畏に向かって、先程辻と名乗った男が金属製のピルケースを差しだす。

可畏は潤の性器を片手で扱き続けながら、ケースの中のクリームを指先で掬《すく》い取った。

「や、やめろ……っ」

「こんな物まで使ってやるんだ、俺は優しい主だろ？」

媚薬を後孔に当てられた瞬間、潤は息を殺して可能な限り抵抗する。

冷たいのかと思ったそれは温かく、触れた所からじんわりと熱が伝わってきた。

「く、あ……っ！」

手足を四人に摑まれながらも精いっぱい腰を引くと、テーブルと肌が引き攣れて痛くなる。

そもそもそんな抵抗に意味はなく、数センチ逃げたところで状況は変わらなかった。

「う、う──っ」

異物の挿入を拒もうとして窄まる孔に、ねっとりとした媚薬を塗り込まれる。

可畏の指が体内に入ってくると、多少なりと残っていた理性が消し潰された。

指先で揉み消すように、なきものにされてしまう。

媚薬が触れた部分は急速に疼《うず》き、痒《かゆ》みに近い感覚が広がった。

もっと撫でるなり搔くなりしてほしくなり、摩擦を求めて自ら動きたくなってしまう。

「く、ぁ、あ……」

媚薬を纏った可畏の指は難なく奥へと進んできて、ある一点を的確に探し当てた。

そこを指で弄られた瞬間、潤は雷に打たれたような衝撃に悶《もだ》える。

「い、あぁ……ふ、あ……ぁ、あ！」

噂に聞いていた禁断のスイッチを押され、潤はかろうじて動かせる爪先を靴ごとピクピクと震わせた。恥ずかしい嬌声《きょうせい》を漏らしていることを自覚しているのに、我慢できずに淫《みだ》らな声を漏らし続けてしまう。秘めた場所にある痼《しこり》のような物を、もっと弄られたくて、もっと激しく、ぐいぐいと指で解されたくて、それが叶うなら他のことはどうでもいいとさえ思えた。

「媚薬を使ってるとはいえ随分ノリがいいな。元々そういう性質《たち》なのか？」

「……ち、違う！」

「違わねえだろ？　弄られたくて中までひくついてやがる。ほら、俺の指を肉でキュウキュウ締めてんのがわかるか？　どうせ自分が達《い》ってることに気づいてもいねえんだろ？」

可畏にいわれてカッと目を見開いた潤は、慌てて視線を下に向ける。

ボタンをすべて外された半袖シャツが左右に大きく開いており、その間にある乳首が勃《た》っているのが見えた。そしてさらに先にある性器からは、白い物が噴きだしている。

「――っ、こんな……なんで……」

「なんでも何も、お前の体がいやらしい証拠だ。俺は今、ココは触ってなかったんだぞ。後ろだけで簡単に達ける才能があるなら遠慮は要らねえな」

違う、そうじゃない、媚薬のせいだ――そういいかけた唇から、「ふあ、んっ」と甘い声が漏れてしまう。可畏が前立腺を再び弄り始めたからだ。そのうえ「ココ」といって指し示していた性器を、直接指でつついてきた。

「は、あ……ぁ……！」

円を描くような動作で鈴口を撫でられ、爪の先を精管に軽くめり込ませた可畏は、そのまま裏筋をツゥーと撫で下ろす。

潤は歯を食い縛って声を消したが、上の口の代わりに鈴口がパクパクと開いてしまった。管に詰まっていた残滓《ざんし》を、飛沫《しぶき》のように噴く。

「う、う……っ」

水っぽい水滴を顔に受けながら、潤は羞恥を凌《しの》ぐ解放感に酔いしれた。

どんなに冷静になろうとしても、またすぐに快楽の渦に呑み込まれてしまう。

「は、あ……ぁ、あっ……！」

可畏の指をくわえ込んだ後孔も黙ってはいられず、指を誘い込むかのように蠕動《ぜんどう》した。

一時的に緩んで深く迎えたかと思うと、きゅっと締まって彼の指を捕らえる。

――頭……おかしく、なる……気持ち、よくて……！

今でも十分過ぎるくらい感じていて、これ以上の快楽など知りもしないのに、指よりも太い物を想像していた。自分が女を抱いた時の相手の反応が脳裏を掠《かす》め、奮い立った性器を肉孔に挿入されるのはどんな感じなのかと……考えるのをやめられない。

「なんだこのエロくさい体は……お前、指なんかじゃ全然足りないと思ってるだろ？　もっと太いのをブチ込んでほしくてしょうがねえって顔してるぞ」

「違う……っ、誰がそんな！　俺はゲイじゃない！」

「それなのに突っ込まれたくて、どうしよう困っちゃうってとこか？」

「違うっていってるだろ！」

嘲笑の末に、可畏は潤の括《くび》れに溜まった精液を掬《すく》い取る。

それを眼前に突きつけられた潤は、浅黒い指の上で揺れる塊に目を疑った。

先程ピシャッと飛沫《しぶ》いた残滓とは違い、小豆《あずき》ほどの大きさがあるゼリー状の塊が、指の腹の上でプルプルと揺れている。次第に形は崩れたが、それでも可畏の爪に纏わりついて、完全に垂れ落ちることはなかった。

「ねっとり重く絡みつく……こんなもんを溜め込んでたのか？　昨日の朝も濃いのをたっぷり出したのになぁ……俺の口に勢いよく射精したのを憶えてるか？」

「は、う……ぅ、ぐっ」

問われても答える余裕はなく、潤は口の中に無理やり指を突っ込まれる。

自ら放った濃厚な精液を舌に塗り込められ、「飲まずに味わえ」と命じられた。

──なんだって、精液なんか……こんな、青臭い！

自分の物とはいえ、性器から放たれた液だと思うと鳥肌が立つ。昨日、同じ物を大量に飲み干した可畏の気が知れなかった。青臭くて不味《まず》くて、味わうことなど到底できない。

「さて、そろそろくれてやるか。お前のココが食いついてきて、しつこいからな」

「んっ、うぁ──」

潤の窄まりから指を抜いた可畏は、カチャカチャとベルトを外した。

そこからヌッと現れた浅黒い巨棒に、潤の体は氷のように固まる。

実物はもちろん、友人に観せられた洋物のＡＶでも、これほど立派な一物は目にしたことがなかった。暴君竜のイメージそのままに、可畏の股間からは雄々しい猛りが聳《そび》えている。

黒い繁みを従えた根元は太く、張り巡らされた筋に至っては、極太の針金と表現してもまだ足りない。人の小指ほどありそうな太い血管が、血を湛えてドクンドクンと脈打っているのが目に見えてわかった。

──デカ過ぎ……だろ、こんなの挿《い》れられたら、絶対死ぬ！

喉《のど》がヒクッと鳴るほど怯えた潤は、思いだしたように暴れだす。

四肢を摑まれてはいたが、ばたつかせることができる末端を、渾身の力を籠めて動かした。

「ヴェロキラ、コイツの胸を弄ってやれ。そうされたくて尖ってる」

可畏が潤の頭側にいる二人に命じると、彼らは「失礼致します」といって、片手を伸ばしてきた。人間離れした力で潤の手首を摑んだまま、左右から乳首を摘まむ。

「ふ、あっ、ぁ……！」

「少しは気が紛れるだろ？　いくら欲しいからって、俺の一物のことばかり考えないことだ。意識を余所《よそ》に向けないとつらいぞ」

「嫌だ……っ、やめろ！　そんなの無理だ！　死ぬっ！」

「安心しろ、お前なら死にかけても死にはしねえ。ケツ穴が裂けようが内臓が破裂しようが、どうせすぐ治るからな。血は俺が一滴残らず吸収してやる。それなら怖くねえだろ？」

「怖いだろ、十分っ！」

必死の形相で叫んだ途端、後孔に亀頭を押し当てられる。

可畏は自らの性器に手を添え、もう片方の手では潤の後孔を引き伸ばした。

受け入れる機能など備わっていない器官に、焼けた石のような膨張部を少しずつねじ込む。

「う、あ……痛いっ！　やめ……も、無理！　こんなの、レイプにしかならない！」

「その通りだ。犯すっていっただろ？　お前ほんとにわかってねえんだな」

「うあああぁ……あぁ——‼」

ズプズプと著大な物が入ってきて、後孔が限界まで拡張される。

想像を絶する激痛に襲われた瞬間、潤の意識は遠くまで飛びかけた。

ところが完全に飛ばすことはできず、最も太い部分が肉の輪を抜けるなり、たちまち意識が正常に戻ってしまう。

「ひっ、い、痛、ぃ……！　う、く……ぅ、あぁ！」

「きついな……けど柔軟で、よく動く名器だ」

「う、う……あ、あ……っ、は……っ」

痛くて、痛くて——けれど媚薬のせいか、痛みだけではない感覚に支配された。

可畏の雄の一部をくわえ込んだ肉孔の奥は、彼の言葉通り激しく蠢《うごめ》いている。

指の時と同じく、まるで誘い込むかのように収縮を繰り返した。括約筋の力で少しだけ押しだしては、その何倍もの力でぐっと迎え入れる。

「は、あ……あ、ぁ！」

早く動いて――そう叫びたくてたまらなかった。

媚薬を塗り込められたせいで後孔の周辺も肉筒も疼き、熱く火照る。

痒い所を掻いてもらえない苦しさに、息が上がってハァハァと呼吸が乱れた。

――なんで……止まってんだよ……動けよ、少しずつ！

急に動かれたら痛いだろうと思う反面、爛《ただ》れそうな箇所を摩擦してほしくて、腰が小刻みに揺れてしまう。

慎重に少しずつ突くか、性器を抜いてもう一度指を挿入するか、どちらかにしてほしかった。

このままでは生殺しで、自分で動いている様が情けなくて涙が出そうになる。

「どうした？　腰が動いてるぞ」

どうしたもこうしたもない。もっと、前立腺に届くまで、もっと動いてくれ――確かにそう要求している自分がいた。ここが走行中の車内だとか、相手が男だとか、レイプに他ならないとか、ギャラリーがいるとか、そんなことはどうでもいいくらい、あと少し先まで……可畏に進んでほしくてたまらない。

「う、う……っ」

しかし彼は動かなかった。

亀頭だけを埋め込んだ状態で腰を止め、むず痒い所を刺激することも、最高にいい所を突くこともしてくれない。笑いながら、ただ見下ろしてくるばかりだ。

「——っ、あ……も、も……ゃ、やだ」

「もっと奥を突いてください、だろ？　ちゃんとそういってみろ。可愛い声で強請《ねだ》れば、昇天するまでブチ込んでやる」

「ひ、ぁ……あ、あぁ！」

「さっさといえよ、簡単だろ？」

「ふあ、あ……っ、や、嫌……だ……」

腰を前後に少しだけ揺らされ、快感のあまり脳が蕩《とろ》けそうになる。

口が勝手に開いて、求められるままの言葉をいいかけてしまった。

声になる前に口を閉じてはみたものの、結局このまま黙っていられない気持ちになる。

できることなら気を失うことで逃げたいが、それも叶わない今、媚薬の効果を免罪符にして、可畏のことも自分のことも許すしかない。どうしても我慢し続けることができなかった。

「——っ……も、もっと……奥……」

可畏の雄の先端で刺激される後孔と内壁、そして男達の指で擦り上げられる乳首の刺激に、打ち勝つ術《すべ》はなく——気づけば求めてしまっていた。そのうえ気づいたところで撤回できず、潤は「もっと……」と、今度こそ正気で求める。

「いい子だ。お前を俺のハレムに加えてやる」

「ふあ……っ、あぁぁ——っ！」

ずんっと奥まで突かれた次の瞬間、糸が切れたように理性が飛んだ。

疼きを止めてもらえた安堵なのか、前立腺を突かれる快楽なのか、肉体に無茶を強いられる痛みなのか——自分の感覚が掴めず、痛いのか気持ちいいのかわからない。

「うあ、あ……あ、ぁ」

衝撃としかいいようがない抽挿を受け止めながら、潤は「失せろ」という一言を聞いた。

可畏の言葉に耳を疑うと同時に、心身がスゥッと冷えるような感覚を覚える。

しかし特に恐ろしいことは起こらず、四肢を解放されただけだった。

可畏が自分ではなく四人の男達に向かって、この場を去れという意味で「失せろ」といったことを理解した潤は、思わず胸を撫で下ろす。

状況的に考えれば、可畏が命じた相手が誰なのかは容易にわかることなのに、何故か自分がいわれた気がしたのだ。

——俺にいったんじゃ、なかった。

よかった——そう思ってしまい、驚きを禁じ得ない。

この男に好かれたいわけではなかった。

理想としては無関心であってほしい。関わり合いになりたくない。

そんなふうに思うのに、自分が「失せろ」といわれたと誤解した瞬間、胸にぽっかりと穴が開いたような喪失感を覚えたのは事実だ。

昨日、『一緒にいたい』という切ない感情を読み取って同調していただけに、真逆のことを思われるのは悲しかった。

「ん、あ……あっ、ぁ！」

「ッ、おい、そんなに締めるな……お前のココが名器なのはもうわかった。そんなに強調して気に入られようとしなくてもいい。しばらくは可愛がってやる」

「ち、違……っ、う、全然……違うっ」

可畏が奥を突いたまま止まっている間に、ヴェロキラプトルの四人は車の前方に移動する。元々運転席とは区切られていたが、パネルドアを閉じることで、さらに空間を仕切った。

「んっ、う……は……」

潤は背骨や腹まで響くような著大な異物の存在を感じながら、細い呼吸を繰り返す。大きく息をすると可畏の雄がさらに奥まで滑り込んできそうで、迂闊《うかつ》に深呼吸などできなかった。

仰向《あおむ》けになっているため、高い位置にある窓から景色が見える。

走行中とは思えないほど静かな車内に光が射し込み、豪華なシャンデリアや調度品の装飾がキラキラと眩《まぶ》しかった。窓の外には、よみうりランドの白い木造コースターの一部が見える。

──凄《すご》く……遠い所まで、来たような気がするのに。

物理的な距離ではなく、とてもとても遠い、知らない世界に連れ込まれた気分だった。

実際にその通りだ。

恐竜の遺伝子とシルエットを持った男に犯されるなんて、悪夢ですら見たことがない。

もし仮に可畏の背後のティラノサウルス・レックスが実体化して暴れたら、今見える雄大な木造コースターも、その下にある桜の木も、特撮物に出てくる街のように壊れるのだろうか。口から炎でも吹きそうな暴君竜の尾でなぎ倒され、後肢で木屑になるまで踏み潰される――自分が今こうして、身も心も蹂躙《じゅうりん》されているように。

「は、ぁ……っ、う！」

「――ッ、ゥ……」

四肢を解放されたところで体勢はほとんど変わらず、潤の体は可畏の思うままに突かれる。

これまでは甚振《いたぶ》ることに悦びを感じていたらしい可畏も、今は肉体的な快楽に夢中になっているようだった。一層硬くなる性器や、漏れる吐息、そして表情からも判断できる。

さらにいえば、目の色や肌の色艶まで変わっていた。

黒瞳の中に潜む赤い虹彩が輝きを放ち、元より瑞々しい肌は、これでもかとばかりに若さを誇示して潤っている。よくよく見れば髪まで艶めいて見えた。明らかに異様なほどの変化だ。

「お前の血は、美味いな……体が悦ぶ」

「俺の……血？」

「顔よりずっとイイ。極上の血だ」

「んっ、あぁ！」

昨日は掌から血を吸った可畏は、今は繋《つな》がった部分から血を吸い上げているようだった。潤には自分のそこが出血しているのかどうかすらわからなかったが、これほどの一物を挿入されて出血しないわけがないとは思う。

――顔より血を褒められるなんて、初めてだな。当たり前だけど、こんなことという奴……今までいなかったから……。

ずくずくと奥を突かれながらキスをされ、潤は思わず目を閉じた。

二人きりの状態で唇を重ねると、心の中で一つ区切りがつく。

一連の行為が、凌辱《りょうじょく》からセックスに変わった気がした。

「……ん、ぅ……うぅ……っ」

意図せずに、両手が動く。

潤は口内に残っていた精液の味を唇で吸い取られながら、可畏の背中に手を回した。しがみついて引き寄せ、抽挿を受け止める。

『……欲しい……一緒にいたい』――突然、可畏の感情が届いた。

「――っ！」

人間以外の生き物の気持ちが届く時と同じで、自分の感情ではないことが明確にわかる。

しかし今日は昨日と違っていた。

読心により同調するまでもなく、似た気持ちが潤の中にもあったのだ。

あくまでも媚薬により増幅された肉欲の影響だが、もっと欲しい……このまま深く繋がっていたい——と、確かに思っていた。

——なんなんだよ、コイツ……酷いことしてくるけど、ほんとは……甘えたいわけ?

無理を強いられて不快な気持ちもあるのに、潤は可畏の唇を求めてしまう。

とても甘いキスをした。

性欲と結びつかない接触を求めるのは自分の願望なのか、それとも彼の欲求にシンクロしているだけなのか……次第に境界がぼやけていく。

「ん、ん……ぅ、う……!」

体の限界は疾《と》うに超えていたが、唇を潰し合って舌を絡めた。繰り返し唾液を交わす。

ずっしりと重く分厚い体で、覆い被さるようにして抱かれるのが心地好かった。

最後の最後まで媚薬に責任転嫁したうえで、潤は可畏の背中に爪を立てる。

唇が離れるなり、「もっと……」と強請らずにはいられなかった。

《五》

翌週、九月八日――沢木潤の転校初日、竜泉学院に在籍する教職員及び全校生徒は、稀代《きたい》の暴君生徒会長、竜嵜可畏の気まぐれに色めき立っていた。

此処《ここ》、私立竜泉学院は、竜人と称される恐竜遺伝子保持者のために創られた男子校で、日本有数の企業グループである竜嵜グループがバックについている。創始者は可畏の曽祖父だ。

中高は全寮制で、人間社会に適合できるよう、校舎内では人間として振る舞う規則になっている反面、種族で大別された寮では、いくらか気を抜いて過ごせるよう配慮されていた。

住人の数が少なく、豪奢《ごうしゃ》な造りになっている中高部第一寮には肉食系竜人。その裏手にある中高部第二寮には草食系竜人。校舎を挟んで反対側には、大学部の二つの寮がある。

本来なら沢木潤は転入も入寮もできないが、可畏は特権を行使して潤を転入させ、第一寮に入寮させる手筈《てはず》を整えた挙げ句に、問答無用で生徒会役員に据えた。

元より可畏は、第一寮の四階、最上階全室を我が物にしており、オープンジャグジー付きの自室を除く九室に、気に入りの生餌を住まわせている。

彼らは最奥の可畏の部屋に近いほど位が高いとされ、フロア全体がハレムと呼ばれていた。

可畏は弱い個体の名前に興味がないため、取り巻きの四人を一律にヴェロキラと呼び、一般生徒の肉食恐竜は小物呼ばわりしている。そして草食恐竜のことは、餌と呼んで一括《ひとくく》りにしていた。ただし餌の中で見目のよい九人の美少年に関しては、殺さずに侍《はべ》らすという意味合いを含めて、あえて生餌と呼んでいるのだ。

彼らには個別の呼び名もあり、部屋の番号順に、二号から十号まで存在した。周囲から「愛妾《あいしょう》」や「一号」と称されるルームメイトだけは名前で呼んで特別に愛でるが、一月や二月で抱き飽きてしまい、その後はランクを落とすのではなく、退学させて身内に下げ渡すのが慣例になっている。

故に愛妾は短期限定の地位とされ、呼び名のわりに軽んじられるのが実情だ。

「可畏様、今日から来る御愛妾って、人間としては何人目でしたっけ?」

「さあな、いちいち数えてない」

「三人目だよ、二号さん。他は全員竜人だったから」

「あらありがとう三号さん。一年に一人くらいのペースなんだね」

登校前にオープンジャグジーに浸かっていた可畏は、同浴している二号と三号に自分の体を洗わせていた。

朝の光を受ける湯は薄紫色で、官能的なムスクの香りが漂う。

専用テラスは赤い蔓薔薇《つるばら》が這う柵で覆われているが、真夏の朝の空と綿のような雲、そして濃い緑の丘陵を見渡せた。

バスタブの外にはミニ丈のバスローブを着た四号から十号までの七人がいて、木のガーデンチェアに座りながら注射器を手に血を抜き合っている。採れ立ての鮮血をシャンパングラスに注いでは、次々と運んできた。

「可畏様は時々人間に夢中になるから、二号は淋しいです。その間はお渡りもなくなるし」

「だったらヴェロキラ共に抱いてもらえ」

「そんな、可畏様以外に僕を満たせる人なんていませんっ」

「可畏様、人間が御愛妾になると寮での会話に気をつけなければいけませんし、あれもこれも秘密秘密で、可畏様が一番面倒なのではありませんか？」

「アイツに隠すことなんか何もない。なんたって俺の血を受けた竜人の目の持ち主だからな。クソ間抜けで不細工な、お前らカモノハシ恐竜の本性も丸見えだ」

「不細工なんてっ、可畏様ったら酷い」

「事実をいったまでだ。アイツと比べたら、この姿ですら不細工に見えるぞ。お前も、お前も、休みの前まではもう少しマシに見えたのにな」

可畏は二号と三号の顎を摑み、顔を左右に揺さぶって矯《た》めつ眇《すが》めつ検《あらた》める。

どちらも自分と同じ高等部の三年生だ。年齢以上に幼く見える美少年だが、二号の背後にはトサカのついたコリトサウルスが見え、三号の背後には頭頂部にラクダのコブのような突起を持つ、ランベオサウルスが見えた。

いずれも人型の彼らと同じ仕草をする立体的な影で、恰好よくもなければ美しくも可愛くもない、むしろ滑稽《こっけい》な姿の草食恐竜だ。

「可畏様、ヴェロキラから連絡が入りました。御愛妾が寮に到着したそうです。転入手続きが終わり、入寮手続きをしている最中とのことですが、いかが致しますか？」

ピンク色のバスローブ姿の四号が潤の到着を知らせると同時に、五号が肩越しにシャンパングラスを差しだしてくる。床に両膝をついて微笑《ほほえ》みかけてくる五号は愛くるしいが、その背後には、掃除機の持ち手のような奇妙な形のトサカを持つパラサウロロフスの姿があった。

五号と同じように笑っていて、なんとも不気味だ。

竜人は鏡を使わない限り自分の本性が見えないため、可畏の目から見ると他の竜人の本性にティラノサウルス・レックスの影が被さることはない。できれば被さってほしいところだが、残念ながら生餌の本性だけが見えた。

性欲が減退しないよう、生餌らの本性をあえて見ないようにしてきた可畏は、潤と出会ってからというもの、何を見ようと見まいと、そんなことはどうでもよくなっている。

心境の変化の原因は自分でもよくわからないが、寮生にもかかわらず毎朝学院を抜けだして、通学途中の潤を捕まえていた。出逢ってから連日会いにいき、車内で無理やり抱いている。

土日は休ませてくれというので許してやったが、とりあえず今はあの体に夢中だ。

「潤をここに通すよう、ヴェロキラに伝えろ」

四号にいいつけた可畏は、五号の手からシャンパングラスを受け取る。

生温かい鮮血を、ぐいっと飲み干した。

「そちらで七杯目になります。おかわりは必要ですか？」

「もういい。あとは潤の体液を飲む」

可畏がそう答えると、ジャグジーの中の二号が露骨に眉を寄せた。

「ご執心なんですね……その沢木潤という人間、ベジタリアンとはいえヴィーガンではないと聞いています。なんだか中途半端じゃありませんか？」

「ほんと、貴い可畏様には相応《ふさわ》しくないと思います」

「それでもお前らの血より美味い」

二人に話しかけられるのが鬱陶《うっとう》しくなった可畏は、二人の首を目掛けて両手を伸ばし、その気になれば簡単にへし折れる細首を摑む。二人纏めて、そのまま一気に湯に沈めた。

「きゃあぁぁ――っ！」

ドボンッという大きな水音と共に、後ろから甲高い悲鳴が上がる。

声はたちまち連鎖して、残る七人が女のように騒ぎだした。

しかしそれも一瞬で終わる。可畏が振り返って睨み据えると、生餌達は自らの口を押さえ、全員が全員、同じ動作で声を殺した。

気泡を立てるジャグジーの機械音と、バシャバシャと激しく湯を掻く音ばかりが響く。

二号と三号はなりふり構わず暴れて、ムスクの香る湯の中でもがき苦しんだ。

潤に興味が向いているうちは抱く気にならないが、性処理の相手や雑用係として……そして何より餌として価値のある二人を、易々と殺す気はなかった。ただし見せしめは必要だ。

「血をもらうぞ」

可畏は彼らに聞こえないことは承知のうえで、一言断ってから血液を吸い上げる。

二人の頸動脈《けいどうみゃく》から、掌の皮膚を通じて血を吸った。両手首の血管がボコボコと膨らむ。

ティラノサウルスのような大型恐竜は街中で恐竜化することができない分、こういった特殊能力を持ち併せていた。皮膚や粘膜を通して血液を吸い上げ、自分の養分に変えるのだ。

「口の利き方に気をつけろ——と、あとでいっておけ」

可畏は二人の限界を見計らい、左右それぞれの手で引っ掴んでいた首を引っ張り上げる。

すでに意識を失っていた二人は、白眼を剝きながら全身をぴくぴくと痙攣《けいれん》させた。

首には掌や指の形が残っている。すべて内出血で、まるで赤い手形のようだ。

可畏が後方に向けて二人の体を放り投げると、他の七人が慌てて駆け寄る。人工呼吸や心臓マッサージを始めたようだった。中には泣いている者もいたが、可畏の心は少しも痛まない。

「おい、もたもたするな」

普段は湯の中で立ち上がると同時にバスローブが用意されるが、二号と三号の姿に動揺している生餌達の動きは遅い。

文句をいうと、九号が血相を変えてコットンのバスローブを取りにいった。

九号は八号と二人で協力し、高い位置でバスローブを広げる。それを湯から上がった可畏の背中に当てた。慎重に袖を通してから、前方に回って腰紐を緩めに結ぶ。

可畏が腕の力を抜いて立っている間に、二人は肩や背中、脇や腰、胸などを押さえて水分を拭っていった。さらに他の生餌が二人、横からタオルを手に加わり、バスローブの裾より下を拭き始める。

「どうぞ、お召替えを」

水気を吸ったバスローブを脱がされたあと、今度はシルクのガウンを着せられた。

朝浴から登校時間までには間があるため、制服を着るのは涼んでからだ。

「可畏様、ヴェロキラから再び連絡が入りました。御愛妾の入寮手続きが終わったそうです。今からこちらにお連れするとのことですが、私達はどうすれば……」

「失せろ。目障りだ」

可畏は問いかけてきた四号に向かっていうと、ゲホゲホとうるさくむせ返る二号と三号を、邪魔に思って足蹴にした。

本気で蹴ったわけではないが、小柄な二人は細い丸太のように木床の上を転がっていく。

可畏の頭の中には人間としての常識や感覚が知識として培《つちか》われており、自分の発言や行動が人間社会において褒められたものでないことはわかっていた。

しかしながらティラノサウルスが草食恐竜を見つければ、頭で考えるより先に食らいついて息の根を止め、皮や臓物を引き千切って食らうのが自然だ。

生かしてやっているだけでも感謝してほしいものだと、心の底から思っている。

「可畏様、御愛妾をお連れしました」

テラスから部屋に戻ると、生餌らと入れ替わりにヴェロキラがやって来た。

小型肉食恐竜の影を背負った四人の男の間に、竜泉学院の夏服を着た沢木潤の姿が見える。

エポレットとエンブレムがついた白い半袖シャツと、黒に限りなく近い暗紫色のネクタイ、黒いパンツに磨き抜かれた革靴と新品の鞄――自分が与えた物を身に着けている潤の姿を目にした途端、可畏は過去にあまり感じたことのない感慨を覚えた。

人間の潤は当然ながら余計な影を持たず、ただ立っているだけで光を纏って見える。

数々の芸能事務所に追い回されるのも納得のいく話で、内側から溢れんばかりの輝きと華を備えていた。

異国の血が強く出た飴色《あめいろ》の髪と、宝玉のような琥珀色《こはくいろ》の瞳、滑らかで瑞々しい肌、すらりと長い手足と小さな顔。身長は平均よりやや高い程度だが、五年以上続けたバスケットボールで鍛えた体は体脂肪率が低く、しなやかな筋肉に支えられている。

幼い頃からラクト・ベジタリアンとして生きてきたため、容姿だけではなく内臓や血液まで美しかった。

こうして向き合っているだけで魅惑の香りを感じる。可畏には潤の真価がよくわかるのだ。

「なんでじろじろ見てんだよ。なんかいえば？」

「ようこそ竜泉へ。うちの制服がよく似合うな」

「来たくて来たわけじゃないし、着たくて着てるわけじゃない」

似た言葉を繋げた潤は、「靴も鞄も本革だし。俺は合皮しか持ちたくないのに」といって、顔を顰《しか》めたまま明後日の方を向く。部屋に入ってくる際に一瞬だけ可畏と目を合わせたのだが、見たくないものを見たといわんばかりの表情を浮かべた。

潤のこういった態度を、可畏は興味深いと思っている。

肉食恐竜の遺伝子を持つ者を前にすると、草食恐竜はもちろんのこと、人間も畏縮するのが一般的だった。ましてや竜人の血を輸血されて恐竜のシルエットが見えるようになった人間は、それまで以上に竜人を恐れる傾向にある。

にもかかわらず、潤はトリケラトプスになって反撃したいなどという戯言《たわごと》を口にし、可畏に凌辱されたあとも竜人を恐れはしなかった。

特別肝が据わっているわけではなく、かといって鈍くもない。

しかし何故か威圧がまったく利かない体質、あるいは性質を持っていると思われる。

言葉で脅せば怯えもするが、それは何かをされることに対する恐怖であり、本能的に可畏や竜人そのものを恐れているわけではない。奇妙な話だが、どことなく余裕があるのだ。

「一週間も待ってやったんだぞ。少しは愛想を見せたらどうなんだ？」

「なんだよそれ。そもそも俺は転校なんかしたくなかったし、脅されて仕方なく、ほんとに、嫌で嫌でしょうがなく転校したんだからな。家族を説得するのも大変で……」

柳眉《りゅうび》を逆立てた潤は、前髪をくしゃっと摑んで盛大な溜《た》め息《いき》をつく。

類稀《たぐいまれ》な治癒能力を得て怪我も痛みも長引かないとはいえ、何度も乱暴をしてくる男の前で、よくこんな態度が取れるものだ……と、甚だ愉快に感じられた。

逆らわれるのは不快なはずだが、何故か面白い。

「受験らしい受験もなく上に行けるんだ。悪い話じゃねえだろ」

「まあ……それは、そうだけど。あとは学費も寮費もタダってことと、寮に入った方が静かでトラブルも少ないんじゃないかってことで。なんていうか、先日の事故の件が母親的には結構ショックだったみたいで、それで一応、寮のが安全てことでＯＫもらえた」

潤は顔を向けずに語ると、さらにもう一度溜め息をついた。

潤が一週間前の事故をきっかけに知り合ったリムジンの所有者は、竜泉学院の創立者一族である竜嵜家のトップで、亡き孫によく似た潤を気に入って、特待生扱いで転校を勧めた――という筋書きになっている。もちろん嘘だが、事実とかけ離れてはいなかった。

竜嵜家の現トップは可畏の祖母だ。高齢のため実権は母親である竜嵜帝訶《ていか》——アジア最強、最重にして唯一の雌ティラノサウルス・レックスが握っており、可畏は他の候補を差し置いて次期後継者に決まっていた。

「こっちへ来い。抱いてやる」

「……は？　俺とやりたいなら、好きだとか、抱かせてくれとか……そういえよ」

まだ扉付近にヴェロキラがいたが、可畏は潤に向かって足を進める。

大理石の床の上で潤の腰と顔に触れ、上を向かせて唇を近づけた。

潤は顔をそむけて「やめろ」というが、本気で抵抗はしない。

身を反らす潤を押さえつけて数秒の追いかけっこの末に唇を捕らえると、あとは容易に受け入れられた。

「ん、ぅ」

潤は唇を頑なに閉じることはなく、歯を食い縛ったりもしない。

深く繋がるために顔を斜めにすれば、潤もそれに応じた。

舌を絡めれば、おずおずと躊躇《ためら》いながらも絡め返してくる。

これもまた、可畏にとっては愉快でならなかった。潤曰く、「物凄く嫌だけど、暴れて痛い思いしても結局最後は犯《や》られるから」という理由らしい。日々少しずつ抵抗が薄れて、最後に会った金曜の朝には、「どうせやるなら気持ちいい方がいいし」と、吐き捨てたほどだ。

ふてぶてしい顔ばかり見せるが、潤はある程度割り切って可畏を受け入れ、セックスの間は素直に快楽を貪《むさぼ》り、終わるとトロンして——そのくせ翌朝また会うと、前日に乱れたことなど忘れたかのように生意気な口を利く。

仕方がないのでまた脅して屈服させて、抱いて蕩けさせ……と、関係が日々リセットされた。しかし確かに少しずつ進展はあり、前日との微々たる違いを感じるのが愉しい。

「んぅ、う……」

可畏は潤の唇や舌を味わいながら、手振りで人払いを命じる。

四人のヴェロキラは速やかに部屋から出ていき、イタリア貴族の屋敷を模した優美な室内にいるのは、自分と潤の二人だけになった。

夏休み前までは若草色を基調としていたが、休み中に青色のファブリックに取り換えさせた部屋は、目にも涼しげでエアコンも利いている。

可畏はベッドの前で制服姿の潤を抱き上げ、鞄や靴を床に落とさせてからマットに放った。

潤の体は軽く弾み、シルクの青いシーツの上に飴色の髪が広がる。

「制服を脱げ」

「嫌だ……転校初日で……今から授業だし、腰……痛くされたくない」

「生徒会役員は専用サロンにあるモニターを通して授業を受けられる。教室に顔を出す必要はない。腰が痛けりゃ寝ながら受けろ」

「へ、変な学校」

「合理的にできてる。それと嘘はやめろ。腰の痛みなんざすぐに消えるはずだ」

「──っ、痛みが消えても、違和感はあるんだよ。お前が、中に出すから……」

カッと顔を赤らめた潤は、それを隠すように身を翻《ひるがえ》す。

ベッドの上で背中を向けられるのは誘われたも同然に感じて、可畏は引き寄せた細腰に昂《たかぶ》る物を押しつけた。夏物の黒いパンツの上から、ぐっと強く当てる。

「ん、ぅ……やめろ、よ。朝からサカるなっ」

「心配しなくても、夜もしてやる」

赤く染まった耳元に囁いた可畏は、片手で潤の腰を押さえながら胸にも手を伸ばした。シャツ越しに乳首を探り、邪魔なネクタイを除けて途中のボタンを一つ外す。

「は……ぁ、あっ」

指を忍ばせて肌に直接触れ、すでに兆している突起を捏《こ》ね回すと、潤は吐息を漏らしながら腰を引いた。背中を曲げて、背骨で拒絶を示してくる。

「朝から突っ込まれるのが嫌なら、しゃぶって奉仕するんだな。どのみち俺のルームメイトになった以上、朝勃ちを処理しながら起こすのがお前の役目だ。毎朝俺より早く起きて、最高の目覚めを約束しろ」

乳首を摘まみながらいった可畏に、潤は「ふざけんなっ」と息巻いた。

大した力もないくせに肘《ひじ》を後ろにガツガツと振ってきて、反撃まがいの抵抗を示す。

「そうか、お前は尻を使う方が好きなんだな。起き抜けに騎上位で腰を振る美人を眺めるのも、まあ悪くない。口でも尻でも好きにしろ」

「だから、ありえないだろ、そんなの！」

「金曜の朝、俺はハッキリいったはずだぞ。愛妾にしてやるから、そのつもりで来い——と、そういっただろ？　もう忘れたのか？」

「あ、やめ……っ、そこは……」

潤のベルトを手際よく外した可畏は、パンツと下着を引き下ろすなり尻臀《しりたぶら》を摑んだ。

真っ白で掌に吸いつくような尻は、表面こそ柔らかいが強い弾力がある。

「う、うぁ！」

ガウンの中から突きだした物を谷間に擦りつけると、潤はますます体を丸めて逃げた。

キングサイズのベッドの上でアンモナイトのように丸くなっていく姿がおかしくて、可畏は予定を変更して足の方へと滑り込む。

「う、わ……っ」

丸まっていた潤の体を浮かせた可畏は、宙返りでもさせるように頭の位置を変えさせると、シックスナインに近い体勢に持ち込んだ。

自身はマットに腰を据え、四つん這い状態の潤の尻に顔を埋める。

「や、やめろ、嫌だ！」

「俺の物をしゃぶれ。歯を立てたらどうなるかわかってるな？」

制服のパンツと下着から零れる尻を鷲摑《わしづか》みにした可畏は、潤の唇が自分の分身の位置に来るよう調整する。顔が腿《もも》の方まで行っていたのをぐいっと引き寄せ、口淫できる体勢にしてから後孔に舌を這わせた。

「ふ、あぁ……っ、う……」

尻を制服から剝きだしにしている潤は、左手をマットについて上体を支える。

そうしながら、右手で性器に触れてきた。口淫は抵抗がある様子だったが、手淫には慣れたらしい。ぎこちなく右手を動かしながら、「握りにくい」と呟く。

「誰が握れといった？　しゃぶれといってんだ」

「う、ん……っ、あ……やだ、そんなとこ、舐めんな！」

可畏は潤のひくつく後孔を舌で舐め、双丘を摑んだ手を外側に広げた。

拡張された窄まりが慌てたように閉じていく様を眺めてから、両の親指を薄桃色の孔の脇に添えて開かせる。

「ひ、う……あ、ぁ！」

一瞬見えた赤い内臓に、可畏の雄はたちまち奮い立った。

これまでとは比較にならないほど血液が集中して、心臓の如くドクッと脈打つ。

孔はすぐに収縮してしまったが、今見た色を思いだすだけで腹の虫が鳴りそうだった。

「ん、あぁ……っ、あ……」

可畏は尻肉を両手で揉みしだきながら、中心にある秘められた孔に唾液を注ぎ込む。

舌先で中を突いては、尻や腿を揉んで手触りを確かめた。

「――ッ、ン……」

「うぐ、ぅ……」

ようやく観念したらしく、潤は可畏のペニスを初めて舐める。

最初は唇を押し当てる程度だったが、可畏が潤の後孔を舐めれば舐めるほど、潤も負けじと舌を使う。う、んっ、んっ……と苦しそうな声が漏れていた。

潤は命じられた通りに、可畏の亀頭部を口に含んでしゃぶろうとする。

しかし上手くできずに顔を引いたりむせたり、「デカ過ぎるっ」と文句をいった。

しゃぶらずに感じさせれば許してもらえると思ったのか、鈴口に舌を突き立ててチロチロと舐めてくる。右手で根元から括れまでを擦って愛撫したり、裏筋を指の腹で撫で上げたりと、それなりの努力を見せた。

そうした代理行為を続けながらも何度か、亀頭を口に含もうと試みる。

体勢的にも難しいようで失敗を繰り返していたが、性器の持ち主が受ける快感を意識して、どうしたら相手が気持ちよくなるかを頭で考えたうえで動いているのがわかった。

可畏は性器全体にかかる潤の熱い息を感じながら、手触りのよい尻肉をぺろりと舐める。歯列を当てて甘噛みしては、後孔に舌を突き入れた。

「ふぁ、う……んぅ、っ」

やはり面白い奴だな——と、改めて思う。

今していることもそうだが、転校したことに関しても、媚薬なしで大人しく抱かれるようになったことに関しても、潤は明確な理由があるからそうしているだけで、本質的に怯えているわけではなかったのだ。母親と妹に関する調査報告書や写真を突きつけ、「俺に逆らうなら、お前の身内を犯して殺す」と恐喝したから、潤は今ここにいる。

——コイツは俺の言動を恐れているだけで、俺自身の存在を恐れてはいない。俺が少しでも気を緩めれば、身の程も弁えずに付け上がる。

可畏は愉快な気分の裏側で、かつて感じたことのない不安を覚えた。

ほんの数秒前までは愉しいばかりだったが、その気持ちに影が差す。

自分が命じたことを、できないなりに一生懸命にやっている潤を見て、微笑ましく思ったり可愛いと思ったりしてはいけないのだ。

命令通りに動かない愛妾を簡単に許してはならず、一度命じたことは必ず遂行させなければならない。それができないなら、自分が腑抜《ふぬ》けになってしまう。

「う、あ……っ、何？」

可畏が目の前の尻を横ざまに倒すと、潤は驚いて顔を上げた。

唇は濡れ、口角から零れた唾液が顎まで伝っている。

しゃぶるのは無理でも、頑張ってできるだけのことはやった――といわんばかりな表情で、目つきも鋭く、「なんだよ急に！」と生意気な口を叩いた。

「しゃぶれといったはずだ」

「……っ、だから、やっただろ？　あれ以上はデカ過ぎて無理だ」

怯えよりも抗議の色合いが強い顔を見下ろした可畏は、いきなり潤の髪を引っ掴む。

ひくっと喉が鳴るのが聞こえたが、痛みに呻く隙すら与えなかった。

膝立ちになった可畏はガウンの腰紐を解き、潤の口腔内に無理やりペニスを突き入れる。

「ぐうぅ、う……う――っ!!」

「俺がやれといったことは必ずやれ」

張り詰めた亀頭部を無理やり挿入した可畏は、喉奥を目掛けて腰を揺すった。陽光に艶めく飴色の髪を根元から強く掴み、頭ごと引き寄せながらディープ・スロートを強要する。

「う、ぐぅ、う――っ」

喉仏をペニスの先で揺らしては潰し、顎が外れる寸前まで突き続けた。

性的な興奮はあったが、面白いとはまったく思えない。お世辞にも上手いとはいえないやり方でも、懸命に舐められていた時の方が余程よかった。

「う、ぅ……う」

潤は呼吸困難で顔を真っ赤にしながら、程なくして失神する。

ほぼ同時に可畏は絶頂を迎え、潤の喉を白い濁液で満たした。

「──ッ、ウ……！」

残虐で官能的な行為に打ち震えた可畏は、しかし少しも解放感を得られない。

むしろ窮屈な心持ちになってしまった。

広いはずの部屋が急に狭くなって、どこからか釘を打つ音が聞こえてくる。

小さな箱に閉じ込められる錯覚に襲われ、急いで酸素を吸い込んだ。

頭の中では、誰へともなく言い訳を繰り返す。

自分は最強無敵の暴君竜として、常に恐れられる存在でいなければならない。誰よりも強くなければ生きている価値がない──そんな言葉を何度も何度も繰り返すうちに、目の前が突然真っ暗になった。

──そんな、わけがない。今は、朝だ。

時刻は間違いなく朝で、カーテンは全開にしている。部屋は広く、とても明るいはずだ。

正しい認識を取り戻すべく自身の五感に訴えた可畏は、それでも戻らない光を求めて両手を彷徨《さまよ》わせる。暗黒の箱の中でようやく摑んだのは、潤の手だった。

《六》

竜泉学院《りゅうせん》に転校して二週間が経ち、沢木潤《さわきじゅん》は常識外れの環境に少しずつ慣れていった。

可畏《かい》の一存で土日も帰らせてもらえないことや、授業中も生徒会サロンに軟禁されて教室に行かせてもらえないこと、そして毎日強要される奉仕やセックス、強制的な採血など、不満に感じることは多々ある。

それでもなんとか耐えられるのは、可畏の執着を常々感じているからだ。

失神するほど激しいプレイを強要されたり、屈辱を味わわされたり——好意があるとは思えない無茶をされても、「コイツは素直じゃないだけで、ほんとは片時も離したくないほど俺のことが好きでしょうがないんだ」と思えば許せなくもない。

この二週間のうちに何度か可畏の感情が流れ込んできたが、それは常に孤独に裏打ちされたものだった。『一緒にいたい』『淋しい』『愛しい』『愛されたい』——それが彼の本音だ。

心を読まれていることを知らない可畏は、体液の味や容姿に関する称賛を口にするに留めているが、それもまた無意味ではなく、彼が思っている以上に潤の心を惹きつけている。

容姿のことはどうでもいい。潤が惹かれるのは、体液に対する賛辞だ。

もし「俺の血が好き?」と訊《き》けば、可畏は率直に好意を認めるだろう。

そんなやり取りを想像するだけで、心に羽が生えたように嬉《うれ》しくなる。

潤にとって、健康な体を褒められることは容姿を褒められることよりも価値があった。

ベジタリアンとして生きてきたのは自分の選択であり、生まれつきのものではないからだ。

幼い頃は動物性の食品を避けるばかりだったが、小学校高学年くらいからはキッチンに立ち、健康的で美味しい物を求めて自炊するようになった。

本やネットで勉強したり、部活に励んで体を鍛えたり、可畏が称賛する美味な体液は、潤が自ら積み上げた日々の上に成り立っている。努力というよりは苦労もあったので、その部分を好まれると誇らしい気持ちになれた。

——屈辱的なことをされてるのに、誇らしいなんて矛盾してるけど……。可畏は、ああ見えて淋しがり屋で、いつも一緒にいてくれる誰かを求めてる。それで、その誰かに甘えたかったり愛されたかったり、愛したかったり。少なくとも今は、その『誰か』が俺で……俺は同調し、同情もしてる——。

第二寮の食堂の隅に座って昼食を摂りながら、潤はプレートの上の牛乳をじっと見る。

感情など読み取らなくても、自分のことが好きなのかな、と思える要素はいくつかあった。

可畏は好意を口には出さないが、一日に十数回のキスと、数回のセックスをする。

いずれも相手は自分だけだ。ハレムと呼ばれる第一寮の最上階に、九人もの美少年を配して身の回りの世話をさせたり侍《はべ》らせたりはしているが、側近のヴェロキラと大差のない扱いで、性的に手を出したりはしていなかった。

——牛乳とヨーグルトと、動物性レンネット不使用のチーズが食べたいっていったらすぐに手配してくれたし。アボカドが好きっていったら食堂のメニューに毎日アボカドが出るようになった。これってたぶん、偶然じゃないよな？　それに、革靴と鞄《かばん》を合皮製の物に取り替えてくれたし……俺の前で生餌《いきえ》の血をトマトジュースみたいにゴクゴク飲むけど、肉を食べたりはしないし、百パーセント非道ってわけでもないような。けど……こういうのは、もしかしたら計算された飴《あめ》と鞭《むち》なのかもな。単純に受け入れちゃ駄目かもしれない。

今目の前にある牛乳は、本来この寮には存在しない物だ。

全授業を校舎の最上階にある生徒会サロンで受けている潤は、食事の時だけ第二寮の食堂に通っている。竜泉学院は校内に学食を構えていないため、中高の生徒は昼になると寮の食堂に行く流れになっていた。

肉食恐竜ばかりの第一寮のメニューは肉が中心で、草食恐竜ばかりの第二寮は徹底した菜食メニューのみを出している。潤は特別に乳製品を用意してもらっている手前、草食恐竜に気を使って、壁の方を向いて食事をしていた。

——食堂にいるとホッとする。

テーブルの上にあるのは日替わりプレートだ。肉の代わりに炒《い》り豆腐や野菜を包んだロールキャベツのトマトスープ煮と、サラダとデザートとドリンク。サラダにはアボカドとトマトが入っている。デザートはサンフラワーシードのバターで作られたマフィンで、二種のフルーツジャムが添えられていた。

「うま……」

マフィンを咀嚼《そしやく》したあとで、独りぽつりと呟《つぶや》く。

同じ食事を楽しみ、「美味い」の一言でもいい合える相手がいればよかったが、一般生徒と口をきくことは禁じられていた。話しかければ相手に迷惑がかかるのは容易に想像がつく。

――なんか最近、独り言が増えた気がする。

元々は友人が多くいたので、この環境は淋しかった。

しかしその反面、他人と食の愉しみを共有し合えないことには慣れている。

いいたい言葉が内に籠《こ》もるが、自分なりの愉しみを見出せばどうにかやっていけそうだ。

目の前で肉類を食べられることがないどころか、自分以上に徹底したベジタリアンばかりという環境は、思った以上に快適ではある。この食堂では動物の生き死にに関わる物は一切出てこないので安心して過ごせるし、何より可畏と離れてのんびり過ごせる時間は大切だ。

一部の生徒は別として、学院の敷地内には携帯電話の持ち込みが禁止されている。そのため食事が終わると手持無沙汰《てもちぶさた》になってしまうが、それでも限界までここにいたかった。

転校当初は恐竜図鑑を持ち込んで過ごし、ある程度恐竜に詳しくなった今は、食堂の窓から見える緑豊かな庭園を横目に、ぼんやりと過ごすのが日課になっている。

――あ、時間だ……。

時は無情に過ぎ去り、腕時計のアラームが鳴った。

以前は携帯が時計代わりだったので腕時計を身に着ける習慣などなかったが、今では重要なアイテムだ。

「持ってない」といったら可畏がデパートの外商担当を呼びつけ、新築マンションが買えるような値段の物から、高校生が半年ほど必死にアルバイトをすればどうにか手が届くくらいの物までを見せられ、「この中から選べ」といわれた。

遠慮すると問答無用で一番高い物を買い与えられそうになり、潤は慌てて、アラーム設定ができる防水仕様の時計の中で一番安い物を選んだ。

事故の際に買ってもらった着替えや制服を除くと、これが一番プレゼントらしい品だ。

ごつくはないが丈夫でデザインも洗練されているので、慌てて選んだわりに気に入っている。

これもまた、可畏の好意を裏づける物の一つといえるだろう。

――好きだったら何してもいいってわけじゃないんだけど、好きじゃないなんていわれたら今までのこと全部、絶対に許せないし。内心ひっそり思ってるだけじゃなく、ちゃんと言葉でいうとかしてくれたらいいのに……。

生き物の感情を受け止める体質であっても、ただ読み取るだけならまだマシだった。潤はそれだけでは済まず、どうしても同調してしまう。

特に可畏の場合は、人間的であるが故にシンクロ率が高く、同調を繰り返すうちに感情の所有者が曖昧《あいまい》になっていた。

彼が放つ『一緒にいたい』という想いに胸を打たれ、同じ気持ちになったり、『淋しい』と感じたり、『愛しい』と思ってしまう。

今こうして可畏からの明言を望んでいるのも、彼が放つ、『愛されたい』という想いにただ同調しているだけなのかもしれない。

──俺は、ほんとはどう思ってるんだろう。可畏に影響されない場合の俺は……。

どこまでがコピーした気持ちで、どこからが自分のオリジナルなのか、見極めをつけるのは難しい。だからこそ余計に、可畏の言葉が欲しかった。

──こんな力に頼らず、ただ普通に好きとかなんとかいわれて、それから考えたい。お互い口があるんだし……言葉を喋《しゃべ》れる人間同士として、ハッキリさせたい。

気持ちを整理した潤は、「ぶちまけろよ、全部……」と口の中で呟く。

腕時計のアラームは、午後の授業が始まる十五分前に設定してあった。

おもむろに席を立ち、ランチプレートを返却口に置いてからトイレに行く。

用を足して歯を磨き、十二時五十五分には生徒会サロンに戻るようにしていた。

遅れて可畏にぶたれるのも嫌だったが、どちらかといえば、自分が彼の機嫌を損ねることによって、他人が八つ当たりされる方が嫌だった。

ヴェロキラプトルの四人や、生餌と呼ばれる草食恐竜の九人が、殴られたり蹴られたり物を投げつけられたりするのは日常茶飯事だ。

それでも彼らは、避けたり逃げたりはしない。

潤は今のところ可畏以外の竜人の感情を受け止めたことがなかったが、彼らの盲信的崇拝は常々感じている。特にヴェロキラプトルの四人は、忠実に可畏に従っていた。

「今日で二週間。最短記録更新にならなくてよかったね、一号さん」

歯を磨いていると、後ろから声をかけられる。

コリトサウルスの影を背負った二号が、真後ろに立っていた。

潤は一般生徒と接触がないので彼の本当の名前を知らないが、二号と仲のよい三号が可畏のいない時に「ユキナリさん」と呼んでいるのを耳にして、普通の人間としての名前もちゃんとあるんだな……と思ったものだ。そのくらい、寮で見ている彼らは浮世離れしていた。

「一号さんて呼び方、やめてほしいんだけど」

潤は口内に満ちていた歯磨き粉の泡を捨て、口を濯《ゆす》いでからいった。

「御愛妾《ごあいしょう》って呼ばれるのはもっと嫌なんでしょ？」

「沢木とか、呼び捨てでいいから」

「それは無理。いくら新参者だろうと短期限定玩具《おもちゃ》だろうと、今は一号さんのが上だからね。それなりにしないと可畏様に嫌われちゃう。殴られるのはいいけど嫌われるのは困るの」

小柄な美少年の姿をした二号は、可畏やヴェロキラのいない第二寮でよく声をかけてくる。

その後ろには三号以下がぞろぞろとついていて、全員顰《しか》め面《つら》をしていた。

彼らは言葉通り、対外的には潤を上の者として立てているが、可畏やヴェロキラの目が届かない場所では何かと嫌がらせをしてくる。

席を立った隙に椅子《いす》に画鋲《がびょう》を貼られたり、筆記用具を隠されたり、ノートを破り取られたり教科書に落書きをされたりと、怒るより先に呆《あき》れるばかりだった。

ヴェロキラから聞いた話によると、小型草食恐竜は超進化した現在でも、知性があまり高くないらしい。強い肉食恐竜の寵愛《ちょうあい》を受けて殺されずに済むよう、見目ばかり愛らしく進化していると聞いていた。

「ねえ今朝の件だけど、ああいう口出しやめてくれない？」

小型草食恐竜の代表格ともいえる二号が、頗《すこぶ》る愛くるしい顔で睨《にら》んでくる。

こんな表情でも可愛い……と思ってしまうほど整った小顔は、女性アイドルも女優も尻尾を巻きそうなレベルだ。柔らかそうな乳白色の肌に桜色の唇、あまり主張してはいないが、よく見ると実に美しい鼻筋、真っ直ぐな栗色の髪、宝石のような瞳。頻繁に可畏を怒らせながらも、長年そばに置かれるだけのことはある。好悪は別として、確実に目の保養になる美少年だ。

「今朝の件て、何？」

二号の言葉に心当たりがなかった潤は、訊きながら今朝の出来事を振り返ってみた。

しかしなんのことをいわれているのか、いまいちよくわからない。激しいセックスのせいで記憶が曖昧で、今朝のことと昨夜のこと、さらには昨日の朝のことまで混ざり合っていた。

――今朝は確か……大勢の前で風呂ん中で突っ込まれたんだ。それで、してる最中に二号が何かいったら可畏がキレて。

あれは確か今朝のことだったはず……と思い返した潤は、記憶の続きを辿《たど》る。

可畏と潤が達した直後に、同じ浴槽の中でスポンジを手に待機していた二号が、「可畏様、そろそろお体を洗わないと」といったのだ。

ただそれだけのことだったが、一度で終わらせる気がなかった可畏は、気分を削がれて腹を立てた。そして二号に手を上げたのだ。

それまでは可畏の動きが速過ぎて制止できたことなどほとんどなかった潤だったが、今朝は先が読めたので、「やめろ！」と早い段階で叫んで可畏を止めた。

しがみついて「やめてくれ」と懇願してみて、それでもやめそうになかったので、「続き、しよう」と耳元に囁《ささや》いた。

今思えば恥ずかしくなるが、小柄な少年が鼻血塗《まみ》れになる姿も、弱者を平然と虐げる可畏の姿も見たくなかった。

結果として可畏は侍らせていた生餌を下がらせ、二度目の情交のあとに潤が彼の体を洗った。

機嫌が直ったので午前中の授業を邪魔されることもなく、今のところ順調に過ごせている。

「あのね、僕達には殴られるのも含めて、与えられた大事な役目があるの。可畏様のお世話をすることで安全が保障されて、他の恐竜に食べられることはないってわけ」

「他の恐竜に、食べられる？」

「そう、食べられちゃうの、僕達は被食者だから。学院の中にも外にも肉食恐竜はいるわけ。草食恐竜のが圧倒的に多いけどね。つまり旦那様の争奪戦。被食者の僕達はより強い捕食者の所有物になっておかないと駄目なの。そうしないと、いつ食べられるかわからない身だから」

「……っ」

「学生のうちは一応安全だけど、卒業した途端、僕達は世間ていうフィールドに放たれた餌《えさ》になる。だから皆必死なの……守ってくれる強い旦那様を在学中に見つけなきゃ早死にしちゃうでしょ？　強ければ強いほど他の恐竜が寄ってこないから、要するに可畏様は超安全性が高いわけ。さすがに御母堂様には敵わないけど、雄の中じゃ最強の旦那様ってこと」

「……っ、可畏が、安全？」

「そうだよ、二号さんがいってることわかった？　一号さんの偽善のせいで僕達の存在価値がなくなったら、今よりもっと、もっとずっと深刻にビクビクしなきゃいけなくなるんだから。食物連鎖の頂点にいるつもりの人間様には、理解できないだろうけどね」

二号と三号、そして他の七人に睨み上げられながら、潤はごくりと喉《のど》を鳴らす。

ミント味の唾液《だえき》を飲んで、自分にはわからない竜人の感覚や彼らの社会について考えた。郷に入っては郷に従えという言葉通り、ここに来てから多くのことに目を瞑《つむ》ってきたつもりだったが、考えが至らなかったのだろう。

捕食者と被食者が同じ学び舎《や》にいる理由も、そこでどんな駆け引きが行われているのかも、被食者側の都合も何も知らず、誰かに訊こうとも思わなかった。

「T・レックスの血を与えられた君ほどじゃないけど、僕達の治癒能力もそれなりのものだし、どんなに痛い思いをしても傷はそのうち治るからね。可畏様は余程のことがない限り、普通の人間は傷つけないんだよ。ああ見えても一応、相手の限度を考えてボコってるわけ。そういうわけなんで、人間の正義感を振り翳《かざ》してイイ人ぶるのはやめて。凄《すご》い迷惑」

「ほんと迷惑……っていうか、空気読もうよ」

「それに僕達、怖い反面、可畏様に惚《ほ》れてるんだよね。気が向くと凄いエッチしてくれるし」

「――っ!?」

「もしかして自分だけだと思ってた？　生餌の中で御手がついてない子なんていないんだよ」

「……いや、それは……知ってたけど」

寄ってたかって責め立てられた潤は、「でも今は抱かれてないだろ？」といいたい気持ちを抑え込む。可畏が以前はこの九人を抱いていたことを知ってはいたが、その話を聞いた時にはあまり感じなかった苛立《いらだ》ちを覚えた。棘《とげ》のある反感が芽生え、心の中で暴れだす。どうしても彼らに向かっていいたくなった。「そんなの過去の話だろ?」と——。

「色々事情があること、知らなくて悪かった。コミュニケーションも足りなかったと思うし、これからはもっと話してほしい。その方が空気読めて……失敗も減ると思うから」

「——っ!」

本当はいいたい言葉を、潤は無理やり抑え込む。

母親が好んで観ていた大奥物のドラマのように、殿のお渡りがどうの、お手付きがどうのと、時代錯誤でドロドロとした女の世界を地でいく彼らと、同じ土俵で争いたくなかった。

「そう……いい返事だこと。君は性格も頭も悪くないみたいだし、もう少し持ちそうだね」

潤の返事に一度は面食らっていた二号は、気を取り直して意地の悪い笑みを浮かべる。

「もう少し?」

「さっきいったでしょ? 愛妾の最短記録は二週間なの。可畏様は熱しやすく冷めやすいから、お気に入りだった愛妾にも突然飽きて、御母堂様やお兄様方にポイッてあげちゃうんだよね」

「え……?」

「可畏様には父親違いのお兄様が七人いるんだけど、どのお兄様もT・レックスと変わらないくらい凶暴なタルボサウルスなんだよ」

「因《ちな》みに御母堂様は正真正銘のT・レックスで、美少年が大好きみたい」

「表向きは自主退学にされて、実際にはお身内に犯されて食われるのが愛妾の末路って感じ」

「まさか卒業までいられて、ほんとに大学に上がれるなんて思ってないよねぇ？」

くすくすと嘲笑《ちょうしょう》を浮かべる生餌集団を前に、潤は黙って息を呑む。

可畏の感情を受け止め、同調までしていた潤には、彼に飽きられて捨てられるという考えはあまりなかった。正確にいえば考えたこともあったが、それは自分にとって理想的な展開だと思ったので、つらくなるからやめたのだ。

――飽きられたら、この学院にはいられないだろうから……とにかく家に戻って転校するか高卒認定を取るかして、大学は元々希望してたとこに行こうって、そう思ってた。

相手は人間ではないのに、なんておめでたい考えだったのだろう。

飽きたところで、竜人の秘密を知る自分を可畏が放置するわけがない。

どういう手を使うか具体的に考えたくはなかったが、肉食恐竜にとって美味な血や肉を持つ自分は、たぶん密《ひそ》かに殺され、食われることになるのだろう。

――飽きられたら自由になれるんじゃなくて、殺されるんだ。

「昼休み終わるよ。早く戻って」と、二号がいってくる。

潤は黙って頷《うなず》き、もう一度口を濯いで歯ブラシを洗った。

可畏は今頃、ヴェロキラ四人を伴って第一寮の学食内の個室にいるのだろうか……それとも、もう生徒会サロンに戻っただろうか。

昼食を挟んで機嫌が変わるのはよくあることで、たとえ遅れなくても、「遅い」といわれて張り倒されることもある。時計は目安に過ぎず、遅いか早いか適当かを判断するのは、可畏の気分に他ならなかった。

――完全な人間じゃないとはいえ、二号達はヴィーガンで、たぶん俺の血よりも美味い血を持ってる。しかもアイドル並に可愛いし、べつに俺が特別なわけじゃないんだ。なんか俺……今までちょっとモテてきたからって、自意識過剰だったかも……。

何度か読み取った可畏の感情からして、今は自分に執着しているが、それは恋愛に発展するほど特別なものではなく、新しい玩具を手に入れた熱狂に過ぎないとしたら？　もっと面白い玩具を見つけた途端、自分はゴミ同然になるのかもしれない。

可畏の愛妾は短期間で入れ替わる薄っぺらな立場だと知っていたつもりだったのに、改めてそう考えると悲しくなった。

――悲しいだけじゃ済まなくて……普通なら別れるとか自然消滅とかで終わるところが……死に別れになるんだ。可畏に飽きられるってことは、そういうことなんだ。

第二寮を出て屋根つきの外廊下を歩いた潤は、九月一日の朝に感じた死の恐怖を呼び覚ます。母親や妹を悲しませることは何よりも避けたいが、自分自身、死に至るまでに味わう壮絶な苦しみが怖かった。

――可畏の兄貴や母親に……犯されて食われるのは、それは……あまりにも嫌だな。

校舎に戻った潤は、腕時計を見て足を速める。一般生徒が自分を見ているのがわかったが、気づいていない振りをしてエレベーターのボタンの下に学生証を翳した。

生徒会役員専用エレベーターのセンサーが反応し、ボタンが光って押せる状態になる。

潤は上に向かうためのボタンを押したが、しかしいくら待ってもドアが開かなかった。

最初は俯《うつむ》いて待っていた潤は、おかしいな……と思って顔を上げる。

エレベーターは七階にあった。ボタンを押した時点と同じだ。

「……っ、あ」

最上階まで先に上がっていったのは誰か——それに気づくなり、潤は腕時計を見る。

もうあまり時間がなく、ボタンをもう一度押してもエレベーターは七階から動かなかった。

今日の嫌がらせは性質《たち》が悪い。潤が遅れて可畏の機嫌が悪くなれば、八つ当たりされるのは自分達かもしれないのに……それでも嫌がらせがしたいのか、それとも先程話していた事情により、殴られる機会を得ないと気が済まないのだろうか。

——駄目だ、全然動かない……クソッ、最初から階段にすりゃよかった！

潤はエレベーターから離れ、一般生徒の間を走り抜ける。

廊下を走ってはいけないことは百も承知だが、可畏が誰かを殴る姿を見たくない気持ちと、生餌達に対する意地の方が勝っていた。

「うわ、なんだよコイツ！」

「おい、走んなよ。危ないだろ！」

「しいっ、会長の御愛妾だ！　黙って！」

小型及び中型恐竜の影を背負った一般生徒が、何やらいっているのが聞こえる。

廊下は重なり合うグレーの影で埋め尽くされていて、それぞれの形などよくわからない状態だった。大勢の竜人の中を駆けていくと、いつも以上に、自分だけが人間なのだということを痛感させられる。

生徒会役員専用エレベーターから階段までは遠く、辿り着いてからも焦燥は消えなかった。

一般生徒が各フロアに戻る時間帯だったため、誰もが足並みを揃《そろ》えて上がっていく。いくら俊足《しゅんそく》でも体力に自信があっても、他人にぶつからずに駆け上がることは不可能だった。

――これじゃ確実に遅れる……っ！

焦った潤は、三階まで上がったところで階段から抜けだす。

満員電車の中のような状態で、このままぞろぞろと上がっていては間に合わないと判断し、三階の廊下を駆けて再び生徒会役員専用エレベーターに向かった。

「よかった、動いてるっ」

エレベーターが一階に停まっているのを見て、思い切り声が出てしまう。

周囲には誰もいなかったが、恥ずかしさと安堵《あんど》の入り混じる心持ちで学生証を翳した。

センサーが反応し、ボタンを押すとエレベーターが即座に上がってくる。

焦って息が乱れていた潤の前で、ドアは鈴のような音を立てて開いた。

乗り込んだあとになって心臓が騒ぎだし、深い溜め息《たいき》が漏れる。

――明日からは、もっと早く戻るようにしないと。

潤はうんざりしながらエレベーターの中を歩き回り、奥の硝子《ガラス》面に近づいた。

竜泉学院に来てから驚くことが多々あったが、このエレベーターもその一つだ。

かごの大きさが六畳で、『定員八十名』と書いてある。実際に使うのは生徒会役員だけだ。

昇降速度が速いにもかかわらず、かごの中にはアンティークのソファーが置かれていた。

可畏は昇降の度にそれに腰を下ろし、硝子の向こうの自然豊かな緑地を眺めている。

――俺も座って一息つきたいくらいだ……体力、凄い落ちてる気がする。

実際に休む暇はなく、エレベーターのドアが左右に開く。

硝子張りのホールと、その向こうに見える空と緑が視界に飛び込んできた。

竜泉学院の中高の校舎は、基本的には六階建てだ。

七階は階下と比べて床面積が四分の一程度で、その分、広大な屋上庭園に隣接している。

七階すべてを可畏が取り仕切る生徒会が占有し、テラスルームと会議室、通信で授業が受けられる学習室、会長室などがあった。このフロア全体が、生徒会サロンと呼ばれている。

可畏が気に入っているテラスルームは、一般生徒に公開しないのが勿体《もったい》ないほど美しい屋上庭園と隣接しており、庭園の一画にはプールやオープンジャグジーまであった。

寮の部屋やテラスは欧風で、夏の今は薔薇《ばら》の花が咲き乱れているが、こちらは造りも植物も南国の雰囲気だ。

誰もいないテラスルームの前を横切って学習室に入ると、すでに席の大半が埋まっていた。漫画喫茶の個室の扉を外したような一人席が二十席あり、各席に用意されているモニターを使って好きな授業を受けられるシステムになっている。潤の席は一番で、すぐ後ろが二番――つまり二号が使う席だが、ライトが消えていて使っている様子がなかった。

「一号さん遅いよ！　可畏様がお呼びなのに何やってるの!?　すぐ会長室に行って！」

背後から二号の喚《わめ》き声がして、振り向いた途端に肘《ひじ》を引っ張られる。

所属クラスの時間割通り古文の授業を受けるつもりでいた潤は、いいたい言葉を呑み込んで二号についていった。腹立たしい想いはあるものの、二号が可畏に暴力を振るわれた形跡はなく、自分は時間内にここに戻ってこられた。すれすれだが、今日のところは勝てた気がする。

「可畏様、一号さんをお連れしました」

会長室の扉を小気味よくノックをした二号は、自分よりも背の高い潤を片手で軽々と部屋に押し込む。草食とはいえ一応恐竜だからなのか、見た目に反して意外にも力が強かった。

――会長サマがお呼びってことは、午後の授業は受けさせてもらえないんだろうな……まあ、飽きられたら殺されるなら受験のことなんか考えてる場合じゃないし、なんかもう、何すればいいんだかわからないけど……。

磨き抜かれた大理石の床を歩かされた潤は、背後で扉が閉まる音を聞く。

可畏と二人きりになると、普段以上に緊張した。二号らにいわれた言葉のせいだ。

「遅かったな」

「待たせたならごめん。ぎりぎり一時前には戻ったんだけど」

会長室は四十畳ほどの広さで、ソファーセットとデスク、キングサイズのベッドがある。

大会社の社長室を彷彿《ほうふつ》とさせる重厚なデスクには、パソコンのモニターが数台並んでいた。

可畏は気が向いた時に株の売り買いをしていて、相当な額の個人資産を運用しているらしい。

メインのデスクがパソコンに占拠されている一方で、サイドデスクには数多くの書物が積み上げられていた。話題のベストセラーに厚い原書、ビジネス書や哲学書、新聞、雑誌、そして学生らしく教科書や参考書もある。

「食事くらいは自由にさせてやってるんだ。食ったらさっさと戻ってこい」

「……わかった」

「戻りが遅いと、お前の食事も俺の食事もここに運び込ませるからな。目の前で肉を食われるのは嫌なんだろ？」

「だから、わかったってば」

潤は答えながらデスクの前に立ち、そのままぐるりとデスク回りを半周した。

来いといわれたわけでもないのに可畏が座る椅子の真横に立って、自分を見上げてくる彼の目をじっと見下ろす。

「どうかしたのか？」

「いや、べつに。たまには普通に、話とかしたいなって」

飽きられたら捨てられて殺される――これから先に待ち受ける残酷な未来は、そういわれたところで現実味がなく、自分だけは違うとか、特別な何かが起きると信じたくなる。

元より、今現在抱いている感情が永遠ではないことくらいわかっていた。

可畏の口から「好きだ」といわれたとしても、仮に「これから先も俺と一緒にいてくれ」といわれたとしても、その気持ちが続く保証はないのだ。

それでも……それでもいいから、聞かせてほしかった。

たとえ今この瞬間限定でも構わないから、好意を告げて安心させてほしい。

それが駄目ならせめて、可畏の感情を読み取りたい。あれはいつも突発的な現象で、望む時ほど何も響いてはこないけれど――。

「話をするには近過ぎるな」

可畏はそういいながらも手を伸ばしてきた。

潤は求められるまま彼の腿《もも》に座って、体を安定させるために椅子の背凭《せもた》れに手をかける。

子供じゃあるまいし、平均以上に上背も筋力もある自分が、男の腿の上に座る日が来るとは夢にも思わなかった。

——顔が近い……。

わずか二週間でこんな体勢にも慣れ、目を合わせるだけで、ああ今キスしたいんだな……と、わかるようになっていた。

可畏の感情が流れ込んできたり、それに同調したりするまでもなく、直感が働く。

ハズレたことなど一度もなかった。唇を重ねると、互いに求め合うキスになる。

今もアタリだ。唇だけでは足りなくて、濡《ぬ》れた舌を絡めて濃厚に繋《つな》がった。

——飽きられたい……とか、思ってたのに。

肉厚で弾力のある唇を味わいながら、潤は自分の中に芽生えた感情を分析する。

飽きられたら殺されると教えられて、怖いとも嫌だとも思ったが、それ以上に悲しいような淋しいような想いがある。それまで自分を執拗《しつよう》に求めてくれた人が、急に冷たくなったら……どうしたって喪失感を覚えるだろう。その先に待つのが解放であろうと死であろうと、まず大前提として、飽きられて冷められること自体が切ない。

可畏としばし離れて、食堂で独り過ごす時間は楽だけれど……永遠に会いたくないなんて、思わなかった。少なくとも今は、それが正直な気持ちだ。

——好きだっていわれる前に、突然捨てられて……可畏の兄弟や母親に犯されて、殺されて、それで終わるのか、俺……。

そっと手を伸ばした潤は、可畏の耳に触れてみる。

自分がどこを触っても怒られるようなことはないが、いつか同じことをしたら嫌がられて、手を振り払われるのだろうか。それどころか、手も声も届かなくなるのかもしれない。

「抱かれたいのか話したいのか、どっちなんだ？」

ほどほどに厚みのある耳朶《みみたぶ》を軽く摘まむと、怪訝《けげん》な顔で睨まれた。

それでも手を振り払ったりはしないので、本気で嫌がっているわけではなさそうだ。

「さっき、お兄さんがいるって聞いた。七人も。兄弟多いんだな」

「特大の地雷をいきなり踏んだな」

「……っ、え……あ、ごめん」

潤は慌てて謝罪したが、地雷といいつつも可畏は手を上げなかった。

そもそも本当に地雷なら、そうはいわずに問答無用で殴るだろう。

「俺の個人情報をべらべら喋る奴がいるらしい。誰から聞いた？」

「いや、それは……風の噂で」

「一般生徒はお前に声をかけたりしないはずだ。二号か？　三号か？」

「だ、誰ってわけじゃないし……号数で呼ばれてる九人は、誰が誰だか見分けついてないし、よくわからない。誰だっていいだろ？」

「全員纏《まと》めて半殺しにすりゃ済むな」

「やめてくれ、もういわないから！」

潤は考えるより先に可畏の肩に顔を埋め、椅子の背凭れに当てていた手を彼の首に回した。

あえて甘えるような体勢でしがみつくと、胸の内で心が揺れる。

可畏が暴力を振るう姿も、小柄な少年達が殴られる姿も見たくない。

それは本当だけれど、今こうして可畏にしがみついている自分の本音は、別のところにある気がした。

暴力の制止のために色仕掛けをしている振りをして、本当は単に、そのうち離れていく人の体に触っておきたいのかもしれない。

物心ついてから、こんなに親密に触れ合った人は他にいなくて……ある日突然、なんの話し合いもなしに一方的に切られることを考えると、本当に淋しい。淋しくてたまらない。

「何やってんだ?」

「うん、ちょっと、ぴと虫になってみた」

「――なんだそりゃ」

可畏が珍しく笑ったのがわかり、潤は慌てて顔を上げる。

真っ白な歯がちらりと覗《のぞ》く笑顔は、心拍数が上がるくらい魅力的に見えた。

――ヤバい……もう一回、キスしたくなってきた。

怒った顔より笑った顔の方が何十倍もカッコイイのに――そう思うと吸い寄せられてしまい、
潤は可畏の首や肩に触れたまま身を伸ばす。

潤からキスをすると、可畏は少し驚いたような反応をした。

今度のキスはすぐには終わらず、舌が触れ合うと同時に体がふわりと浮き上がる。

可畏にとって自分は幼児のように軽いらしく、いつもこうして簡単に運ばれてしまった。

「ん……ぅ」

キスをしながらベッドに横たえられ、シャツの裾《すそ》をベルトの下から引っ張りだされる。

真っ先に触れられる場所は、腹と胸だ。

特に胸が好きらしく、ほどよく隆起した筋肉を包み込むように手を当てていることが多い。

セックスの時に限らず、入浴中やただ隣に座っているだけの時も、よく胸に触ってくる。

「は……っ、ぅ」

敏感に反応して勃《た》ち上がる乳首を弄《いじ》られ、キスを続けていられなくなった。

抱かれる度に感じやすくなる体は、炎天下で溶ける氷のように易々と崩れ、濡れていく。

「——兄が七人いるのは本当だ」

緩めていたネクタイに指をかけた可畏は、それを首からシュッと抜いた。

特大の地雷だといっていた話を、続ける気があるらしい。

「全員父親が違う」

「え、全員？」

「ティラノは雌の方が強くてデカい。一妻多夫制が当たり前だ」

「お母さん、お前より強くて、大きいのか？」

「人間の時はお前くらいの大きさだ。恐竜化すると、俺より体高は低いがウエイトでは遥かに勝る。さすがに戦ったことはないけどな、竜人の強さは人型の時点でわかるもんだ。あの淫乱《いんらん》売女《ばいた》は、半端じゃなく強《つえ》え――」

「……い、淫……？　実の、お母さんなんだろ？」

「残念なことに実の母親だ。雌ってだけでも雄の俺とは比べ物にならないほど希少な存在で、しかも最強だ。誰も逆らえない」

「可畏……」

「T・レックスの雄は世界で十三体、アジアで三体。雌はよりレアだ。雄にしても雌にしても純血のT・レックスは一体もいない。T・レックスの雌雄をかけ合わせても、他のティラノが出ることが圧倒的に多いのが現状だ。竜嵜《りゅうざき》家では特に、ティラノサウルスの一種であるタルボサウルスが出る確率が高く、T・レックスは出にくい。竜人は原則として人間と恐竜の長所を選択して進化してきたが、誰もが最上の遺伝子を選べるわけじゃないってことだ」

「最上の遺伝子を選んで生まれたのが、お前？」

「選んだ覚えはないけどな」

シャツのボタンを全部外された潤は、少し躊躇《ためら》いつつも可畏のシャツに手を伸ばした。仰向《あおむ》けの体勢でボタンを外していき、白い半袖シャツの下に隠された浅黒い肌を求める。

「兄弟仲がよくないのは、父親が違うから、とか？」

「いや、上の七人はタルボ同士でよくつるんでる」

「じゃあ……特別強いからハブられてるのか？」

「そうかもな」

ハブられてるんじゃない、俺が嫌ってるんだ——とでもいうかと思ったが、意外にも可畏は否定しなかった。

「淋しいとか、思ったりしないのか？」

可畏の孤独感を知っている身でありながら、潤は残酷なことを訊く。

今なら踏み込める気がしたのだ。可畏のことを、もっと知りたいと思った。

「そんなことを俺に訊く奴が現れるとは思わなかった」

可畏は眉間《みけん》に皺《しわ》を寄せて不快感を露《あら》わにしたが、殴りかかってはこない。

何もせずに少しずつ表情を変化させ、最後は呆れた様子で苦笑した。

「ごめん、変なこと訊いたりして。俺が同じ立場だったら、淋しいと思うから。あ、でも……今は家族以外の大勢と一緒にいるもんな、淋しくなんかないよな」

潤はあえて笑う。「俺がいるから淋しくないだろ？」なんて自信過剰なことはいえなくて、ヴェロキラや、生餌と自分と、全員含めたうえで家族の代用——とするしかなかった。

可畏は少し驚いた顔をしたが、「くだらねえ」と一笑に付す。

　――本当は淋しくて……いつも誰かをそばに置きたがる。でもそういう相手を……地雷ってくらい仲の悪い兄や、相当嫌ってるらしい母親に与えて犯させて食わせるなんて、あんまりな仕打ちだ。そんな残虐な行為が強さを誇示する何かなら、それって凄く虚しくないか？

　シャツを脱がせて滑らかな肩に触れると、覆い被さるようにキスをされる。

　時によって波はあるが、気まぐれに優しい時は優しくて――快楽に濁され、自分が好かれていると感じることもあった。

　感情を読み取った時とは別に、そう感じられる時があると嬉《うれ》しくなり、そして戸惑う。同調ではなく自分自身として、好きなのか嫌いなのかを探らなくてはいけなくなるからだ。

　乱暴されれば憎しみが募り、好きになりかけた気持ちは泡のように消えるが、痛みが引けば怒りは静まる。そして、優しくされればまた絆《ほだ》される。結局、自分が可畏のことをどう思っているのか、日々変化が大きくて捉えられないままだ。

「……ん、ぁ……あっ」

　全裸にされた潤は、足を広げられて口淫を受ける。

　可畏は朝勃ちのペニスを毎朝潤にしゃぶらせ、それ以外でも頻繁に口淫を強要する男だが、彼もよくしゃぶりついてきた。奉仕でも愛撫《あいぶ》でもなく、ベジタリアンの美味な体液を求めてのことなのだろうが……口でされるのは、なんとなく愛情を感じられて好きだった。

　出会った日にされた時はショックだったが、今は嬉しいような気持ちになる。

「今頃、古文の授業……受けてるはずだったのに、ふしだらだな、凄く」

あまりにも早く達してしまいそうだった潤は、ベッドカバーの角を握りながらこらえた。

窓から射し込む午後の光に目を細め、一度も行ったことのない教室の風景を思い浮かべる。

「ここは俺の学院だ。お前の常識は捨てろ」

潤の性器を口にしていた可畏は、内腿を押さえながら顔を上げた。

いうだけいうと、再び先端に唇を寄せる。

「……お前の？」

「竜王国を作るためのプロトタイプとして、五年前に俺が受け継いだ」

過敏な粘膜に唇や吐息を当てられた潤は、可畏の言葉に集中できずに両膝を震わせた。

耳で聞いた言葉を、時間をかけてようやく理解する。

「竜……王国？」

「この学院は、表向きはすべての竜人が人間と共存することを学ぶ場だ。人間としての常識や感覚を叩《たた》き込まれる。同時に肉食恐竜は自分だけの生餌を見つけ、草食恐竜は身を守るために主を求める出会いの場でもある。だが実際には、俺が竜人の頂点に君臨するための実験場だ」

「竜人の頂点って……なんだよ、それ。王様にでもなるのか？」

「一番上にいれば、なんでも好きにできる」

可畏は口淫を中断すると、枕側に戻ってきた。

先走りや唾液を塗った指先をあわいに添えられた潤は、異物をねじ込まれる違和感に身を強張らせる。不快に感じるのは一瞬のことで、窄《すぼ》まりを解されるとすぐに快感が押し寄せてくることを知っていた。

「好きにできないことなんて、あるのか？」

「――面白くねえことばっかりだ」

「あ、あ……ぅ！」

好きにできないことがあるのかないのか……それについては答えなかった可畏は、潤の体に忍ばせた指を大きく動かす。そうしながらヘッドボードに取りつけられた抽斗《ひきだし》を開け、片手で器用に潤滑ゼリーを取りだした。そういった物を使わずに出血するような挿《い》れ方をしてくることもあるが、乱暴される頻度は徐々に減ってきている。

「お前も、俺の思い通りにはならねえな」

「……っ、そう……かな？　俺、凄く流されてると思うけど？」

「流されてるわけじゃない。お前は今の状況を選択してるんだ」

「選択の余地なんて、ないだろ」

「面倒なことと痛い目に遭うのを避けるためにいいなりになってるだけで、俺を恐れてない。服従する気もない。流された振りをして、上手く躱《かわ》してるだけだ」

「ふ、あ……っ」

ゼリーを塗った指を二本、三本と入れられた潤は、無意識に可畏の肩に縋《すが》っていた。

彼の言葉の多くを事実として受け入れながらも、頭の中では少しだけ反論する。

——俺がお前を恐れてないのは、お前が俺に弱さを見せてるからだよ。淋しい気持ちも俺に甘えたがってる気持ちも知ってるから、怖くない。でも、今は恐れてることもあるよ。お前にいきなり冷められて、こういうこともされなくなって、急に背中を向けられるのは怖いし……他の男や女に犯されるのも、食い殺されるのも嫌だ。

この気持ちを口に出して伝えたら、何か変わるのだろうか。

実際に口から出るのは嬌声《きょうせい》ばかりで、指先で前立腺を擦られると息が乱れた。甘ったるい声が絶え間なく漏れ、腰は震え、開いた膝に至っては痙攣《けいれん》しかけている。

——お前が俺に、ちゃんと好きだっていってくれて……普通程度に優しく接してくれたら、俺はたぶん……お前を好きになるよ。今だって好きな感じの瞬間はあって……暴力振るうのをやめてくれて、イイ感じの状態がこのまま持続すればいいのにって、思ってたりする……。

真顔で好きだといわれて、「いまさらだろ」と笑って返してキスをする。そんな光景を思い浮かべた。潤の頭の中では、性別以外はありきたりな恋人同士のやり取りが展開していく。

「ん……は、あ、ぁ！」

現実には何もいえず、また体を繋げた。半日空けずに抱かれるため、なかなか元通りに閉じ切らない窄まりは、じわじわと拡がって可畏を迎える。

「あ、あぁ……っ」

潤は可畏の肩に縋りながら、細い呼吸を繰り返した。

引き攣《つ》る局部の力を抜いて、少しずつ侵攻を許す。

「──ッ」

可畏が微《かす》かに声を漏らすと、二つの体の間にある性器が反応してしまった。可畏もちゃんと気持ちいいんだ……と思うだけで、元々奮い立っていた物にさらなる熱が籠もる。

「ん、ん……い、いい……っ、凄い……気持ち、いい……」

普段はいわないよう努めていることを、今は口にしてみた。男に抱かれることが気持ちいいなんて認めたくなかったけれど、まずは自分から……素直にならないと始まらない。

「可畏……っ」

名前を呼んで肩を引き寄せると、驚いたような顔をされる。

自分が酷く恥ずかしいことをしている気分になったが、それでも潤は快感を示すことをやめなかった。彼の動きに合わせて感じるままに唇を開き、「そこっ、いい……」と口にする。

可畏が気持ちよさそうにしていると嬉しくなるように、彼もまた、気持ちよさそうな自分を見て嬉しくなるといい──そんなふうに思ったのだ。

──芸能界に入って、広く浅く好かれたかったわけじゃなくて……俺は、たぶん、こういうふうに……どっぷり浸かるみたいに求められて、求めたくて。

伸《の》しかかる体が、そう遠くはないうちに離れていくのかと思うと黙っていられなくなって、潤は「もっと……」と強請《ねだ》りながら可畏の肌を求める。厚みのある胸部を背中側から押して、高鳴る鼓動を重ね合わせた。

――俺が好きだっていったら……そしたら、可畏も同じこと、いったりしないかな？

両足で可畏の腰を挟むようにしながら、潤は戸惑いの抜けない彼の顔を見上げる。

黒い瞳の奥から血が滲《にじ》むような赤い色が見えたが、怖くはなかった。

「可畏の目、綺麗だな……」

思ったことをそのまま口にすると、白眼の部分が広がって瞳が円く見える。

驚かせるようなことはいっていないつもりだったのに、反応が予想外に大きかった。

「綺麗なのは、お前の目だ」

いくらか落ち着いた顔で……しかし官能の火照りを帯びた顔でいわれると、涙腺がじわりと熱くなる。

こういう時間を多く持てるようになって、もっと普通に、お互いを労《いたわ》り合って上手くやっていけたらいいのに――そんな願望が何度も何度も湧《わ》いてしまうあたり、自分はもう、引き返せないところまで来ているのだと思った。

《七》

九月二十八日、朝——転校して三週間が経った日曜日、潤は三回目の帰省願いを却下されて不貞腐《ふてくさ》れていた。ホームシックになったわけではないが、携帯がないため寮監を介して親から電話がかかってきて、たまには帰ってこいと叱《しか》られるのだ。

寮と家が近いこともあり、潤自身も月に一度や二度は帰るのが自然だと思っている。

しかしこの週末も帰らせてはもらえず、可畏の目の届く所に置かれていた。

「辻《つじ》さん強過ぎー。俺わりと得意なんだけどな、落ち物系」

「潤様も十分強いですよ」

「いや全然敵わないし。……あ、でもいいや。辻さんが手ぇ抜かずにやってるのわかったし」

ヴェロキラ四人に囲まれている潤は、ポータブルゲーム機を手に笑う。

ここは生徒会サロンのテラスルームだ。南国風の屋上庭園やプールに面していて明るいが、屋根があるので直射日光は当たらない。会長室とも繋がっていて、掃出し窓から出入りできるようになっていた。

「ゲームもやり尽くしちゃったな。可畏はいつまで泳いでるんだか……ほんと凄い体力」

「長い時は五時間くらい泳いでいらっしゃいます。あとで血を求められるかもしれません」

ヴェロキラの佐木《さき》の言葉に、潤は「はーい」と返す。

プレーヤー名を登録するゲームを通して四人の名前を知った潤は、いつしか彼らの個性まで捉えていた。接触も増えたので、おかげで以前よりも楽しい日々を送っている。

落ち物系のパズルゲームが得意なのは辻、シューティングゲームは佐木、格闘ゲームは林田《はやしだ》、推理バトルゲームなら谷口《たにぐち》──といった具合で、得意なゲームも好みも違った。

潤が持ち込んだゲーム機に合わせて購入した同機種のゲーム機にしても、青、赤、黒、白と、色違いの物を選んでいて、その好みは彼らが所持している携帯の色とも一致している。

「俺に用がないなら、半日くらい帰してくれたっていいのにな」

潤はプールから届く水音を聞きながら、唇を尖《とが》らせる。

可畏の行動は土日も平日とあまり変わらず、株の売り買いができない分、土日は腰を据えて読書に耽《ふけ》ったり、プールで何時間も泳いで体を鍛えたりしている。どちらも潤と一緒に愉しむようなことはなく、独りの世界に籠もっていた。

「つまんないから一緒にプールに入ってみたけど、可畏の泳ぎは遊びじゃないし……体力的に長時間は付き合えないだろ？　そもそもバテる前に、日焼けするから早く上がれとかいわれて追いだされたんだぜ。俺がここにいる意味なんて全然ないよな」

「意味はあります。貴方がここにいらっしゃるから、可畏様は気持ちよく泳げるんです」

「潤様が目の届く所にいて、その気になればいつでも触れられる環境が大事なんですよ」

「うわ、それ凄い愛人ぽいな」

「御愛妾ですから、覚悟してください」

ヴェロキラの辻と谷口は、あくまでも真面目な顔でいってきた。

潤は内心、可畏が求めているのは、いつもそばで見守っていてくれる誰か——なんだろうなと思ったが、愛人やら愛妾やら、大人の男向けの名称で片づける。可畏に本当に必要なのは、優しい母親のような存在だといってしまったら、彼があまりにも気の毒に思えたからだ。

——男は皆マザコンだっていうけど、そういうのわかんなくもないんだよな……うちの母親なんか母性的なタイプじゃないのに、それでもやっぱり、怪我したり高熱なんか出すと一番に浮かぶもんな、母親の顔が……。

可畏の淋しさを知っている潤には、帰省のこともあまり強くはいえなくて——希望が叶わず不貞腐れた顔をしているからといって、本気で不満を抱いているわけではない。

今だって本当は、ヴェロキラではなく可畏と一緒にゲームをしたかった。

「難読漢字のさ、クエスト物とかならやるかな？」

「可畏様ですか？」

「うん。『この漢字読める？』とか訊いたらすんなり乗ってきそう。授業受けてないのに学年トップで、しかも活字好きだろ？　学力試されるゲームならやる気がするんだよな」

「そう、ですね。ゲーム機を購入されていましたし、ソフトによっては……」

「そうそう、自分の分も買ってたからやる気あるんだと思ってたのにさ、一度だけ電源入れてそれっきり。勿体ないし、本体無駄にするくらいなら遊べるソフト買った方がマシだよな」

「はい、ではすぐに注文しましょう」

「あ、ごめん。強請《ねだ》るつもりじゃなかったんだけど」

「お金のことはご心配なさらず。可畏様の個人資産は百億を超えておりますので」

「――っ、ひゃ、百億⁉」

辻の言葉に肩で反応した潤は、テラスルームからプールに目をやる。

強い光の中、可畏はタイムアタックでもしているかのような勢いで泳いでいた。

浅黒い肌は水中でもよく目立ち、圧倒的な推進力でぐんぐんと進む姿が目に焼きつく。

「本物のマネーゲームのが面白いんだもんな……あとは勉強したり読書したり、体鍛えたり。俺とゲームやってる暇なんかないか」

「可畏様にも遊びや癒しは必要ですが、それはベッドの中に集約されているのではないかと」

「――うん、まあ、そうなんだろうな」

「可畏様と一緒に遊ぼうなんて考える御愛妾は、これまで一人もいませんでした。貴方は何故そんなふうに思えるのですか？」

「何故って……」

付き合ってたら普通だろ？　頭の中で問い返しながらも、潤は「べつに」とだけ返した。

付き合っているといういい方が適当だとは思っていないが、お互いにそれなりの好意を持ち、毎日必ずキスをして体を繋げている。忘れがちだが同級生でもあり、ベッドの外で軽い遊びに興じてもおかしくはないのだ。

「あ、ユキナリさん達戻ってきた。昼食行ってこようかな」

「どうぞ。普段より早めに戻ってきていただけると助かります」

「はいはい」と返事をした潤は、第二寮の食堂から引き揚げてきた生餌九人と交替する。

土日は食堂の利用時間が長いので、いつもこうして時間をずらして食事を摂っていた。

ぞろぞろと戻ってきた九人は、潤とは目を合わせずにプールに向かう。色とりどりの日傘を手にプールサイドに陣取り、まだテラスルームにいる潤を見るなり、にやりと笑った。

可畏から少し離れた日陰でゲームをしていた潤よりも、自分達の方が可畏のそばにいて彼に尽くしている――とでもいいたげな顔だ。

――ああ、そうだな……どうせ俺はベッドの中でしか役に立てねえよ。けどな……たまにはゲームやりたいっていったら、ヴェロキラにゲーム機買わせて対戦相手にしてくれたのは可畏なんだよ。俺はこれでも結構、大事にされてるんだからな！

二号達の得意気な顔に腹が立ち、潤はテラスルームを大股で歩く。

半屋外の空間からエレベーターホールに向かい、無意味にボタンを連打した。

一階まで下りて校舎をあとにすると、第二寮に続く外廊下が見えてくる。

土日は帰省している生徒も多いうえに食事の時間にばらつきがあり、普段よりも人気《ひとけ》が少なかった。そのため竜人一人一人が背負う影がよく見える。

恐竜図鑑で勉強してから、影を見て恐竜名を当てるのが密かな楽しみになっている潤の目に、驚くほど大きな影が飛び込んできた。制服姿で第二寮の前の庭園にしゃがみ込み、コスモスの花を眺めている大柄な生徒の影だ。

——あれは……ディプロドクス⁉

T・レックス同様、大き過ぎて建物や植物に隠れてしまっているが、それでもわかった。

巨大未確認生物ネッシーを彷彿とさせる細長い首と、それ以上に長い鞭のような尾——世界最長の恐竜として名高いディプロドクスだ。

「……ん？　君は、人間か？」

「こ、こんにちは！　はい、人間……です」

中高部第二寮にいるのだから年上ということはないはずだが、潤は興奮して普通には話せなかった。メジャーな恐竜には憧れのようなものがあり、最大の肉食恐竜T・レックス、最長の草食恐竜ディプロドクス、飛行するプテラノドン、草食ながらに角でティラノサウルスに立ち向かうトリケラトプスなど、見ると少年のような気持ちになる恐竜は少なからずいる。

「なんで人間がこの学院に……ああ、会長の御愛妾かな？」

はいその通りですとはいいたくなくて、潤は「まあ色々あって」と答えた。

コスモスが咲き乱れる花壇の前で立ち上がった彼は、草食系の竜人とは思えないほど大きく、細身だが身長だけなら可畏に劣らないくらいに見える。銀色のフレームの眼鏡《めがね》をかけており、真面目で大人しそうなイメージだ。

「凄い、ディプロドクスの頭が空まで……っ、あんなとこまで届いてますよ！」

「御愛妾が一般生徒に敬語を使うなんて。君は二年生？　僕は三年の片桐《かたぎり》だよ」

「いや、俺も三年だけど……なんとなく。沢木です、よろしく」

潤は一般生徒と初めて言葉を交わしたことに遅れて気づき、思わず周囲に目を配る。

優しげな微笑《ほほえ》みを浮かべた片桐は、「恐竜に興味があるの？　僕は草食だから、大きくても怖くないのかな？」と訊いてきた。

子供に話しかけるような口調だと思ったが、それが何故か似合っているせいか、特に不快な印象は受けない。同学年だとわかっていても、年上と話している気分だった。

「会長以外はわりと小さい恐竜だから、なんか感激しちゃって」

「大き過ぎて怖がられることも多いんだよ。なんだか嬉しいな」

「あ、そうだ。ディプロドクスの人に会ったら訊きたいと思ってたんだけど、尾を力いっぱい振ると音速レベルってほんとですか？　鞭みたいで凄いカッコイイ」

「本当だよ。尾は振れないけど恐竜化してみせようか？　今日は体育館が空いてるはずだし」

「えっ、恐竜化って……マ、マジで⁉　ディプロドクスの実物が見れるってこと⁉」

驚いて目を剝《む》く潤に、片桐は「そうだよ」と笑みを返す。

「僕の頭や尾は柔軟に曲がるからね。うちの体育館くらいの広さでも十分恐竜化できるよ」

「う、わ……竜人が恐竜化できるって話は聞いてるけど、まだ一度も見たことなくて」

「じゃあ僕が第一号だ。光栄だよ」

「あ、でも今から……」

「今日が日曜日でよかった。土曜は部活で使ってたりするからね」

片桐は意外にも押しが強く、体育館行きを決めて歩きだす。

戸惑いながらも彼のあとをついて校舎側に戻った潤は、真っ先に可畏のことを考えた。

ヴェロキラに早く戻る約束をしたので、三十分程度で生徒会サロンに戻らなければならない。

遅くなるとプールから上がった可畏が機嫌を悪くし、ヴェロキラや生餌達、果ては片桐にも迷惑がかかるだろう。

「俺に声をかける人なんて、今までいなかったんでびっくりした」

潤はディプロドクスの影に埋もれながら、体育館に続く外廊下を進む。

考えた末、昼食を抜くことに決めた。憧れの巨大恐竜の実物を見たらすぐにサロンに戻り、バランス栄養食や菓子類で腹を満たせば問題ないだろう。

「そうだろうね。僕はちょっと特別だからなぁ」

「特別って？」

片桐は体育館のエントランスにある扉を開き、「しばらく休学してたんだ」と答えた。

休学と聞いてなるほどと思った潤だったが、しかしよく考えると納得のいく話ではない。

現に彼は、この学院にいる人間＝生徒会長の愛妾だと認識しており、声をかけたり体育館に誘ったりしていい相手ではないとわかっているようだった。

「ここの体育館て日中でも暗いんだな」

「そうだね、すべての窓に電動の遮光パネルがついてるから」

潤は体育館の玄関で靴を脱ぎ、大きな扉の向こうにある薄暗い空間に足を踏み入れる。

バスケットボールのゴールに目が行って、重たく大きなボールの感触が掌に蘇《よみがえ》った。

「バスケ部の試合で色んな学校に行ったけど、ここまで天井高いとこは初めてかも」

「君は見た目通り健康なんだね。僕は体育の授業すら受けたことがなくて、いつも見学だよ」

片桐は体育館の扉を閉めると、奥の方にある見学者用ベンチを指差す。

そういわれてみればあまり健康的な雰囲気ではなかった気がして、潤は改めて彼の顔に目を向けた。庭園で会った時は影にばかり注目していたが、よくよく見るとかなり痩《や》せている。

「君も知ってると思うけど……草食竜人はね、肉食竜人に食われずに囲ってもらえるように、愛らしい姿をしているのが一般的なんだ。第二寮には小柄な美少年が多いだろう？」

お世辞にも美少年とはいえない片桐を前に、潤は「そうかな？」と言葉を濁した。

すると彼は微笑みながら距離を詰めてきて、両肩を摑んでくる。

何が起きたのかしばらくわからないくらいの速度だった。

「な、何？」

「人型から恐竜化したあと、上手く戻れない竜人が大型種には結構いてね……空気中の水分を含んで増幅させた細胞が元に戻らずに破壊され、まるで病弱な人間みたいになってしまうんだ。残念ながら僕はそういうタイプだ。恐竜化する度に命の危険に晒《さら》される」

「え……っ、じゃあ、なんで？」

「もう恐竜化もできないし、寿命も長くはないけど……でも、僕には一つ特権があるんだよ」

いつの間にか押しやられていた潤は、暗い体育館の壁に背中を押しつけられる。

摑まれた両肩からシャツだけを引っ張られ、それをビリッと破られた。

「やめろ！　何すんだよっ！」

徐々に迫《せ》り上がっていた警戒心が沸点に達し、瞬く間に冷や汗が噴きだす。

眼鏡のレンズの向こうにある目は、明らかに普通ではなかった。

目を細めて優しげに笑っていたのが嘘のように、悪心に満ちた目をしている。

「竜人社会にも暗黙の掟《おきて》があってね、同族以外の希少種を殺してはいけないんだ。弱肉強食の世界だけど、最弱者への救いはあるってわけさ。絶滅危惧《きぐ》種は殺されなくて済む――」

無理やり口づけられそうになり、潤は必死で抵抗した。

しかし片桐はびくともせず、見た目を裏切る怪力で押さえつけてくる。

「とても愉快だと思わないかい？　完全無欠なT・レックスの愛妾に、僕みたいな今にも死にそうな奴が触れるんだ。奴は僕を殺せない。ディプロドクスはそれくらいレアなんだよ」

「や、やめ……嫌だ！　退け！」

片桐の唇からひたすら逃げると、腰をぐっと寄せられた。

可畏にされるなら慣れていることでも、見知らぬ男にされると耐え難い嫌悪感を覚える。

「やめろ！　俺に触んじゃねえ……っ、退けっていってんだろ!!」

「ああ、いいね……ゾクゾクするよ。そんなに綺麗な顔と声でイヤイヤされると、会長も興奮するんだろうな。君みたいな子を囲えるなんて、彼は幸せだよね……あんなに強くて健康的で、いくらでも恐竜化できて、金も美人も思いのままだ」

「やめろっ……て、おい……っ、どこ触ってんだ！」

尻に手を伸ばしてくる片桐の股間は兆していて、吐く息は濡れていた。

ハァ……ハァ……といやらしく乱れた息が耳にかかると、全身に鳥肌が立つ。

「……っ、嫌だ……触んな！　この変態野郎っ!!」

「狡《ずる》いと思わないか？　肉食の奴らは強いくせに頭もいいんだ。僕の方が真面目に勉強してる自信はあるのに、一度だって彼に勝てた例《ためし》がない」

「――っ、嫌だ……誰か、可畏……っ、可畏！」

萎《な》えた性器の上に昂《たかぶ》る性器を擦りつけられた潤は、無我夢中で可畏の名を叫ぶ。

他人を傷つけるのが怖いなどとはいっていられず、片桐の袖を掴んで抓《つね》ったり引っ掻いたり、渾身《こんしん》ともいえる力を籠めて、できる限りの抵抗を試みた。

『やめろ片桐！　潤様を放せ！』

荒々しい金属音がしたと同時に、体育館の扉が開かれる。

寸前に聞こえた怒号は、耳で聞いた物ではなかった。まるでテレパシーのように、頭の中に直接響く声だ。ヴェロキラの佐木の声――そう認識した次の瞬間、潤は生まれて初めて本物の恐竜の姿を目の当たりにした。

「ヴェロキラ！」

現れたのは、二メートル級のヴェロキラプトルが二体。

本来は犬程度の大きさの種だが、超進化を遂げた今は影と同じく大きかった。

実体化すると全身に羽毛があるのがわかり、飛べないながらに翼に近い物が生えている。

「佐木さん⁉　林田さん⁉」

声からして一人は佐木、もう一人は、直感だが林田だと思った。

恐竜時の個体差など大してないのに、見た途端になんとなくそんな気がしたのだ。

「うわあああぁ――っ！　やめろっ、僕は絶滅危惧種だぞっ‼」

潤から離れた片桐は、人型のままヴェロキラプトルに咬《か》みつかれる。

逃げようとして体勢を崩したところで、大きな鉤爪《かぎづめ》のついた後肢で蹴り飛ばされ、体育館の床を滑りながら転げ回った。大型のヴェロキラプトルに襲われるのは、巨大鎌で刺されるようなものだ。間欠泉の如き勢いで体のあちこちから血が噴きだし、制服が瞬く間に赤く染まる。

「やめてくれ！　もうそれくらいに……っ、俺は平気だから！」

潤は慌てて叫ぶと、無意識に自分の体を激しくさすった。

片桐に触られた所を拭《ぬぐ》うように、強めにさすっては叩き、肌に残る感触を塗り変える。

確かに不快ではあったが、衣服の上から体を弄られたに過ぎない。

のた打ち回る片桐の姿を見ると、明らかに過剰な制裁だと思った。

「ディプロドクス、お前だいぶ勘違いしてるようだな」

「う、うぅ……T・レックス……ッ」

「可畏！」

潤は可畏の声に振り返る。体育館の扉から、新たな影が差し込んでいた。

人型のままのヴェロキラプター——辻と谷口を従えた可畏は、プール上がりで髪こそ濡れているが、すでに制服に着替えている。

威圧的な空気を放つ可畏が現れた途端、片桐はこれまで以上に必死で床を這《は》った。凄《すさ》まじい形相で逃げながら、「ヒイッ」と裏返った声を上げる。

「絶滅危惧種は保護する……一応そういうことになってはいるが、殺さなきゃいいって話だ。くだらねえ掟《おきて》に胡坐《あぐら》かいて、餌風情が調子こいてんじゃねえぞ」

可畏はそういうと、右手を軽く宙に上げる。

恐竜化していた佐木と林田が、大きな頭部を深々と落とした。そうして一礼したかと思うと、踵《きびす》を返して片桐を追いかける。後肢でタッと素早く走り、再び片桐に襲いかかった。鋭い牙で制服を引き裂いて丸裸にし、死なない程度に引っ掻いたり咬みついたりを繰り返す。

「ぐあああ——っ！　やめろ！　痛いっ、やめてくれぇ！」

「可畏っ、もうやめさせてくれ！　何もされてないから！」

「されただろうが！　他の奴見て目ぇ輝かせてんじゃねえ」

「うあ……っ、ぅ」

平手でいきなり引っ叩かれた潤は、よろめくなり可畏の胸に引き寄せられる。

叩かれた頬はカッと熱を持つほど痛くなったが、耳元に燻《くすぶ》っていた片桐の息の感触が消えた気がした。いつものように肩を抱かれることで、不快だった手の感触も塗り変えられていく。

自分でさすっても叩いても消し切れていなかったことを……そして、可畏にされるなら同じ行為でも少しも嫌ではないことを、強く意識させられた。

「どうして、ここに……？」

「サロンのモニターと繋がってるのは教室だけじゃない。どんな恐竜に声をかけられようと、

ホイホイついて行くような馬鹿な真似はするな。アイツがいってた通り、基本的には殺せねえレア恐竜もいれば、草食のくせに雑食化して人間の血を好むような奴もいる」

「わ、わかった……ごめん、助けてくれて……ありがとう」

「だいたいお前は馴染《なじ》み過ぎだ。恐竜化したヴェロキラの見分けがつくほど馴染む必要はない。調子に乗るのもいい加減にしろ」

可畏は眉を寄せていい放ち、潤の頭を押さえ込んで体育館の扉に向かう。

背後では二体のヴェロキラプトルの奇声と襲撃音、そして片桐の悲鳴が響いていた。

まるで断末魔の叫びだ。死に至らないことはわかっていても、それならいいとは思えない。

「可畏……頼むから……『もういい』って、いってくれ」

潤は後ろを振り返りたかったが、そうする自由さえなかった。

それでも諦め切れなくて、可畏に従って歩きながら懇願する。

たとえ殺さなくても、そして怪我や痛みがすぐに治るとしても、可畏が佐木や林田に非道なことをさせているこの状況が嫌だった。片桐のことは嫌いになったが、かといってこんな目に遭うほどのことをしたとは思えない。

「帰省できなかったし……今日は勉強する気分でもなかったから、お前と遊びたかったんだ。ヴェロキラの四人とゲームやってて……楽しそうに見えたかもしれないけど、ほんとはお前とやりたかった。だから……なんていうか、今日は、あんまり沈んだ気分で過ごしたくない」

潤は可畏の目を見ながら正直な気持ちを訴え、耳に届く痛々しい悲鳴に顔を顰めた。

片桐の感情は流れ込んでこなかったが、声だけでも恐怖は伝わってくる。

「こういうの、嫌なんだ。これからはもっと気をつけるから……」

可畏は体育館の扉の前で足を止めたまま、口を開かなかった。

何か考えている様子を見せながらも、黙したまま動かない。

程なくして、「潤」と、普段よりも重い口調で名前を呼ばれた。

しかし感情の読み取りはできず、意図的に固められたような表情からは、何を考えているか察することもできない。

「可畏……?」

そうこうしているうちに、不意に伸びてきた手で顔に触れられる。

痛みが消えつつある頬を指先で撫でられると、ようやく少し気持ちが見えた気がした。

「他の奴はもちろん、ヴェロキラともあまりベタベタするな。お前は俺の物だ」

うん――といいそうになった潤は、「お前は俺の物だ」という発言を完全に容認できずに、

「気をつける」とだけ返した。

不満を示されるかと思ったが、可畏の表情に変化はない。今はこれで許してくれるらしい。

可畏は潤の頭を抱いたまま振り返り、「その辺にしておけ」と、ヴェロキラに命じた。

《八》

十月十九日——ハレムと呼ばれている第一寮の最上階に、潤が二日ぶりに戻ってきた。

金曜の夜に帰省して、可畏の指示通り日曜の午後八時には迎えの車に乗り込んだ潤は、寮に戻るなり「ただいま」といって笑った。

母親や妹と一月半ぶりに会って余程楽しかったのか、実に晴れ晴れとした笑顔だ。

ソファーに座る可畏に挨拶《あいさつ》だけすると、両手に抱えた紙袋をヴェロキラの一人に差しだす。

「これ、お土産っていうか、うちの親から。母親が経理の仕事してる料亭のなんだけど……肉料理に合う岩塩セットが四箱と、麩饅頭《ふまんじゅう》が九箱あるから、肉食の人と草食の人で分けて」

「どうも、ありがとうございます。いただいてよろしいのでしょうか?」

部屋の入り口に並んで立っていた四人のヴェロキラの一人は、潤に礼をいいながらも最後は可畏に向かって訊いていた。潤の笑顔を至近距離で見たせいか、どことなく頬が赤い。

ヴェロキラが潤に見惚《みと》れる瞬間が間々あることを、可畏は疾《と》うに気づいていた。

最初からそうだったわけではないので、容姿云々の話ではない。

可畏としてはいささか不愉快だったが、肝心の潤は以前注意して以来ヴェロキラとの距離に気をつけているので、彼らの叶わぬ想いにまで口を出す気はなかった。自分の愛妾が側近達に慕われていることを、自慢に思う気持ちもある。

潤は、ヴェロキラが「いただいてよろしいのでしょうか?」と訊いている相手が可畏であることに気づいておらず、「もちろん」と答えた。

その言葉に狼狽《うろた》えるヴェロキラだったが、可畏が「もらっておけ」と答えると、ほっとした様子で土産を受け取る。やはり顔が赤かった。

「ありがとうございます。麩饅頭は生餌様方に渡しておきます」

「よろしく」と潤が答え、ヴェロキラは四人揃って恭《うやうや》しく去っていく。

二人きりになってから訊くと、潤は「土産?」と訊き返してきた。

「──俺にはないのか?」

ソファーの前に立ったまま首を傾げ、指先でトンと自分の胸を指差す。

「可畏には俺かな、なんて」

何がおかしいのか、潤は歯が見えるほど笑いながら隣に腰かけた。

帰省を許してから先ずっと上機嫌ではあったが、ここまで浮かれる姿を見たのは初めてだ。

どうリアクションしていいか迷った可畏に、潤は「冗談だよ」と苦々しく笑った。

「冗談じゃなくていい」

結局思うままを口にした可畏は、潤の肩を引き寄せる。

ブレザー越しに体の感触を確かめ、そのままネクタイの結び目に指をかけた。

「土産、ちゃんとあるのに」

潤は抵抗こそしなかったが、ポケットから小さな袋を取りだす。

それを受け取らずに「開けろ」と命じた可畏は、潤のシャツのボタンを外した。

物よりも潤の肌に触れたいのが正直なところだが、袋の中身が気にならないわけでもない。

「妹にせがまれて映画観に行ったらさ、こんなの売ってて。あ、観たのはこの映画じゃないんだけどな。でもなんか買いたくなって」

潤が取りだしたのは、ティラノサウルス・レックスのイヤホンジャックアクセサリーだった。

公開中の恐竜映画のタイトルが大きく書かれた台紙に、褐色の模型が括《くく》りつけてある。

「最新の研究でわかった新しいカラーのT・レックスだって書いてあったから。迷彩柄っぽい印象だったけど、ほんとは結構黒かったんだな」

「ああ、そうだな」

「ますますおっかないイメージになった気がする。……で、可畏の携帯、ジャックが下だから吊るタイプにしたんだ。ブラブラすんのウザい？」

「さあな。穴を塞ごうなんて考えたこともない」

「へ、へぇ……そう」

何かいいたそうに皮肉っぽい笑みを浮かべた潤は、樹脂製のアクセサリーを台紙から外す。可畏がシャツのボタンを外して胸に手を突っ込もうと乳首を弄ろうとお構いなしに、小さな模型を摘まんで揺らした。

「ジャックが上の方が邪魔にならないし、面白いの多いよな。でもこれも結構いいと思うぜ。売り場にあったやつ全部見て、一番カッコイイの選んだんだ。ほら、目の塗りのバランスとかイイ感じだろ？　真っ赤で全然はみ出してなくて。あと自分用にこれと対になってるトリケラトプスのを買ったんだけど、今は携帯持ってないからなぁ」

潤は「特権だらけの会長サマはいいよな」といいながら、携帯を寄越せという仕草をする。大人しく渡すと、下部の小さな穴にアクセサリーを差し込まれた。黒に近い褐色のティラノサウルス・レックスが、前のめりになって威嚇姿勢を取ったままぶら下がる。

「ほんとは恐竜映画が観たかったんだけど、妹が駄目だっていって」

多数の新聞や雑誌に毎日必ず目を通している可畏は、公開中の映画の中から女子高生が好みそうなタイトルを思い浮かべる。そもそも尾行をつけていたので、妹と一緒に映画館に行ったことは知っていた。

「お涙頂戴の恋愛物にでも付き合わされたか？」

「そうそう、まあそれなりに面白かったけど。妹がさ、一緒に暮らしてる時と全然違ってて、なんかすっごい甘えてくるんだよな。似てないのをいいことに彼氏の振りしろとかいわれて、一日中連れ回されてさ……あ、そういえば転校してから初めて外に出てびっくりしたんだけど、竜人て大勢いるんだな。やっぱ草食恐竜が多くて、可愛い顔した奴ばっかだった」

潤はそういいながら携帯を返してきて、もう一度ブレザーのポケットに手を突っ込む。

ごそごそと何かを探したあとで、色鮮やかな二つ折りの紙を取りだした。

「土産その二。チケット買ってみたんだけど、行かない？」

「――っ」

「ここに来てから図鑑とかたくさん見たし、恐竜の種類も生態も結構わかるようになったからスクリーンで観たくて。今度の休みとか、駄目かな？」

二枚重ねて折ったチケットを広げてみせた潤は、そこに印刷された子供のトリケラトプスを指差して、「可愛いし」といったかと思うと、ティラノサウルス・レックスを指差し、「カッコイイし」といってくる。

潤にどう答えればよいかわからず、可畏は表情を固めることで精いっぱいだった。

「映画とか、行かない方？」

「人混みは嫌いだ」

「あ……そっか、だよな」

「映画館なら実家にも校内にもある」

「え、そうなんだ⁉　さすがだな……じゃあ、誰かにあげちゃう？」

一度は広げたチケットを残念そうな顔で二つ折りに戻した潤は、急に押し黙る。気軽に誘ったように見せかけて、実はそれなりの覚悟を決めて誘ってきたのではないか——そんなふうに思えた。

「実家は楽しかったか？」

「うん、もっとまめに帰れとか色々うるさくいわれて居心地いいばっかじゃなかったんだけど、テレビ観てゴロゴロしたり久しぶりに料理作ったり出かけたり、結構楽しかったかな」

「今後は月に一日くらいなら帰してやる」

「——っ、今後……って、十一月も、十二月も？」

なんとなく喜ばせたくなっていった言葉に、潤は過剰に反応する。

そんなに帰省したいのかと思うと気分がよくなかったが、可畏は「ああ」とだけ答えた。

すると潤は、何故か目を大きく見開きながら、「来年も？」と訊いてきた。

考えてみれば、二ヵ月以上生かしておいた愛妾など一人もいない。

それでも可畏は、もう一度「ああ」と答えてしまった。

そして、潤が花開くように微笑む瞬間を捉える。

白い頬が紅潮していた。はにかむ表情の向こうに、花が咲き乱れているように見える。

綺麗《きれい》で、明るくて、優しくて、一緒にいるとぐっすり眠れる……最高の愛妾。けれども潤の笑顔を見ていると、体の裏側で背筋が凍りつき、得体の知れない感覚に筋肉が強張った。

――それまで飽きて捨てられないことを、喜んでるのか？

飽きられたら殺されるという慣習がある中で、愛妾が飽きられるのを恐れて媚びるのはよくあることだった。慣習について、二号らが潤に話したことは知っている。

つまり自分が先々の話をすれば喜ぶのは当然だが、しかし潤の喜びは質が違う気がした。

来年まで殺されずに済む……と、安堵している顔ではないのだ。

ただ本当に嬉しそうで、幸せそうな顔だった。

――甘やかし過ぎたか？

ただでさえ威圧が通じない相手に甘い態度を取れば、なめられて当然だ。

思えば最後に手を上げたのはいつだったか、だいぶ前のような気がする。

帰省に関しても、「さすがに親に怪しまれるから……」と困り顔で請われただけで、泣いて頼まれたわけでもなければ、土下座されたわけでもないのに許してしまった。それも日帰りではなく、一泊ですらない。愛妾の望むまま二泊も帰らせるなど、前例がないことだった。

「このチケット、誰か使う人いるかな？　辻さん達にあげるには枚数足りないし……不公平になるし。あっ、前の学校の奴に送っていい？」

潤は友人の顔を思い浮かべたらしく、からりと笑う。

その表情に酷く腹を立てた可畏は、チケットを握っている手を掴んだ。

潤が顔を歪《ゆが》めるほどの力を籠め、痛みによる呻《うめ》き声を聞く。

「……っ、痛ぅ、な、なんだよ。痛いって」

「次の土曜に行ってやる」

自分のために用意された物を、他の誰かに譲るなんて考えられなかった。

許せないと思う。そんなことをされたら、相手を八つ裂きにしてしまいそうだ。

「え、ほんとに？　学校の映画館でも観れるのに？」

「今すぐ観れるわけじゃない。そうできないこともないけどな」

「俺は嬉しいけど、いいのか？」

摑んだ手を放すと、潤はチケットを可畏に渡しつつ手首をさする。指の痕がついていたが、
何度もさすられていくうちにそれは消えていった。潤の眉間の皺も緩やかに消える。

「庶民レベルの娯楽を覗くのも悪くない。社会勉強って奴だ」

「うん、なんでもいいよ」

嬉しそうに笑った潤は、可畏が開いたシャツもそのままに、「そういう時って何着ていく？

制服で行っちゃう？」と訊いてくる。

たった今、呻くほど強く手を摑まれたことなど忘れているようだった。

痛みがすぐに消える体とはいえ、こんなに早く笑えるのは異様としか思えない。

——俺の血がコイツの体を変えた……俺が救ってやった命だ。生かすも殺すも気分次第で、
俺がコイツの機嫌を取るなんてあり得ない。

頭ではわかっているのに、潤が喜ぶ顔を見たくなる。

たかが映画一本観るための紙切れや、携帯からぶら下がる邪魔くさい玩具を無下にできない自分がいて……心の奥が、ぎくしゃくと緊張しながらも弾みかけている。

「可畏……」

これはとても危険な感情だと自らに警告したが、何もできなかった。殴る理由が見つからず、理由なく殴る気にもなれない。できることといったら、強引なセックスしかなかった。

「あ……っ……」

可畏は潤のシャツの中に手を突っ込んで胸に触れ、筋肉しかない胸を半ば無理やり揉む。

小さな乳首を親指と人差し指で摘まみ上げると、潤は痛そうに「うぅっ」と声を漏らした。

「――ッ」

もっと痛みを与えて滅茶苦茶にしてやりたいのに、指に力が入らない。

苦しそうな表情を見るとどうしても力が抜けてしまい、指の腹を掠《かす》めるように、甘く捏《こ》ねるばかりになってしまう。

「……ありがと」

潤は消え入りそうな声で呟くと、姿勢を変えて顔に手を伸ばしてきた。

耳朶に触れられた可畏は、その加減に片目を細める。

軽く揉む仕草は、まるでこのくらいの強さで揉んでほしいと訴えているかのようだった。

「お前、よく俺の耳を触るな」

「うん、なんか気持ちよくて」

綻《ほころ》ぶ顔を見ていると、不意に抱きしめたくなる。

支配される日々から一時的にせよ解放され、自由を得たら、再びここに戻ってくるのは地獄だろうに——ただいまと笑いながらいって、ヴェロキラや生餌にまで土産を渡し、受け取ってもらうと嬉しそうにする。抱かれることも嫌そうには見えず、恐れている気配は微塵《みじん》もない。

——嫌な予感しかないな。

理解不能な潤を前にしていると、自分が築き上げてきたものや守ってきたものが音を立てて壊れそうな気がして、怖くなった。

その気になれば一瞬で殺せる相手を、怖いと思うこと自体が不可解な話だ。

「ん……っ、ぅ……」

可畏は意図的に思考を閉ざし、潤の唇を塞ぐ。

耳朶を摑まれたのと同じくらいの強さで、痼《しこ》った乳首を弄《まさぐ》った。

シャツのボタンを全部外してから、ブレザーと一緒にめくって肩を剝く。

潤が怖くて、けれども抱きたくてたまらなくて、ベッドに連れていく余裕もなくソファーの上に押し倒した。

《九》

土曜日は昼から雨が降り、予定が変更になるのではと心配していた潤《じゅん》だったが、可畏《かい》は何もいわずにリムジンを手配した。

竜泉《りゅうせん》学院から車で二十分ほどの場所にあるアウトレットモールに、六つのシアターを擁する映画館がある。先週妹と来たのも同じ場所だった。

可畏の一存でヴェロキラも生餌《いきえ》も連れてこなかったので、運転手と別れたあとは二人きりで、潤はまず、駐車場からエレベーターホールに向かおうとした。

ところが可畏は『関係者以外立ち入り禁止』と書かれた金属扉を開け、殺風景な通路の先にある業務用エレベーターに向かう。その行動に驚く潤に、「話を通してある」とだけいって、エレベーターのボタンを押した。いったいどういうことかと訊《き》く前に傷だらけのドアが開き、台車のタイヤ跡が目立つ巨大な空間が現れる。

「業務用ってデカいんだな。そういえば校舎の生徒会専用エレベーターもやたらデカいけど、狭いの嫌いなのか？」

「好きなように見えるか?」

「いや、見えません」

可畏が背中に背負っているティラノサウルス・レックスの影を見て、潤は思わず苦笑する。

あまりにも大きいため、エレベーターの中に収まっているのは恐竜の体のほんの一部だ。

影が切れても実害がないとはいえ、大柄な可畏の雰囲気と相俟《あいま》って窮屈そうに見える。

「ましてや土曜のエレベーターは混むだろ。鮨詰《すしづ》めなんて冗談じゃねえ」

他人と接触するくらいなら、汚くても広い業務用エレベーターの方がいいといわんばかりの可畏の横で、潤は「そうだな」とだけ答えた。

十一階まで上がってから関係者用の通路を進み、金属扉を開けると予想以上の人混みが目に飛び込んでくる。正面にある客用エレベーターからは、溢《あふ》れるように人が流れだしていた。

「うわ、凄《すご》いな……土曜の夕方ってこんなに混むのか」

妹の澪《みお》と来た時は午前中だったのでこれほどではなく、潤は可畏の機嫌が悪くならないかとハラハラする。さすがに人前で殴る蹴るはしないだろうが、「帰る」といいだしたり、無言で踵《きびす》を返したりする可能性は十分にありそうだ。

しかし可畏は特に驚いた様子を見せず、どうしても避けられない人混みに足を踏み入れる。

こういった場に慣れているはずはないのだが、シアターのある奥に向かって物怖じせずに堂々と歩く姿は、とても高校生には見えなかった。

——あ、でも確か、ここって全席指定。

潤は可畏の後ろを歩きながらも、チケット売り場の上の電光掲示板に目を向ける。

そこには恐竜映画のタイトルと、上映されるシアターナンバーが表示されていた。

驚くことに、これから上映される回は満席になっている。

「えっ、満席!?」

その二文字を目にした途端、声がひっくり返ってしまう。

この映画館は全席指定なので、チケットを持っているだけでは駄目なのだ。

「ど、どうしよ、満席になってる。ごめん、わりと余裕あるって聞いてたのにっ」

「全席買い占めたからな」

「……は？」

今度こそ本当に可畏を怒らせてしまう——と焦った潤の耳に、思いがけない言葉がさらりと入ってきた。一瞬耳を疑ったが、彼は確かに「全席買い占めた」といったのだ。

——か、買い占め……って、マジで？

半信半疑で聞き返そうとすると、周囲から「見てみてっ、超カッコイイ」「うわ、背ぇ高い」「モデルみたい」と、高めの声が幾重にも重なって聞こえてくる。

潤は可畏と同じ制服姿で彼の一歩後ろを歩きながら、これまで向けられてきた賛辞とは違うものを感じた。カッコイイといわれることはよくあるが、どちらかといえば、「ハーフっぽい」

「可愛い」「綺麗」といった声が多く、あえていわれるほど背が高いわけではない。

よくよく見ると、女性の視線の大半は可畏に注がれていた。

——うわ……これは、気分いいかも。

幼い頃から注目を浴び続け、どこに行ってもスカウトされたりナンパされたり。容姿を褒め称えられることに新鮮さも喜びも感じられない潤は、自分の連れが褒められている状況に感動する。これまでは、妹や母親が自分を連れ回して自慢げな顔をする気持ちがわからなかったが、今初めて理解した。なんだかとても誇らしくて、胸を張って歩きたくなる。

——男同士だけど……しかも土曜だけど、なんか制服デートみたいだな。いや、みたいっていうか、実際そうだよな?

黒に近い紫紺のブレザー姿で二人並んで、左右にサーッと人が分かれて作られる道を歩いていく。ポップコーンや溶かしバターの香りが漂うホールは、ハリウッドスターでも現れたかのように騒然としていた。しかし意外なことに、誰も携帯を構えて写真を撮ったり、声をかけてきたりはしない。

——写真、撮られてないっぽい。男だけで歩いてて逆ナンされないとか、初めてかも!

普段は勝手に写真を撮られるのはもちろん、女連れでなければ必ずといっていいほど女性に声をかけられ、「一緒に遊ぼう」「メアド教えて」と熱烈に迫られる潤だったが、今日は様子が違っていた。普段の何倍も注目されているのに、誰も近づいては来ないのだ。

——遠巻きに見てるだけ……こんなイケてんのと一緒なのに、誰も声かけてこない。

ああ、格が違うんだ——と、潤は急に気づいた。

誰からも簡単に声をかけられる自分は、なんて安くてお手軽なんだろう——そう考えると、誇らしい思いと少しの嫉妬《しっと》を覚えたが、胸を張って可畏の隣を歩く。

やはり誇らしい気持ちの方が強く、心から自慢したい気分だったのだ。

1と書かれたシアターに向かうと、スーツ姿の男が直立姿勢で待っていた。

名札をつけているので、関係者だとわかる。他のスタッフはポロシャツ姿で首からスタッフ証を下げていたが、彼は立場が違うのだろう。年齢も高めで、雰囲気も落ち着いていた。

男は可畏を見るなり恭《うやうや》しく頭を下げ、その動作に連動して大きな影が動く。

「あ……っ」

潤は男の背後に、ドロマエオサウルスのシルエットを認めた。

ドロマエオサウルスはティラノサウルスと同じ肉食恐竜の獣脚類だが、本来は小型恐竜で、ティラノサウルスの食べ残しを狙うハイエナのような存在だ。

俊敏《しゅんびん》で蜥蜴《とかげ》に似ているため、走る蜥蜴とも呼ばれている。

しかしそうはいってもヴェロキラプトル同様、竜人の彼が背負う影は、化石で知られているサイズとはまったく違っていた。

——実際の三倍くらいかな、たぶん。

恐竜図鑑を見てマイナー恐竜の名前や特徴を憶え、影を見ることにもすっかり慣れた潤は、目を凝らしてドロマエオサウルスの全容を見ようとする。

「お待ちしておりました、可畏様。どうぞお好きな席へ」

男はアウトレット全体を取り仕切る支配人で、ごくありきたりな名を名乗った。

会話が割り込んだせいで潤の集中力は途切れてしまい、恐竜の影を明瞭《めいりょう》に捉えることはできなくなる。

可畏と支配人の間には短いやり取りがあり、飲み物はどうするかと確認していた。

可畏は潤の希望を訊かずに、「烏龍茶《ウーロン》を二つ」と答える。訊かれた場合と同じ答えだ。

薄暗い空間に二人で足を踏み入れると、どこの席でも選び放題という贅沢《ぜいたく》な状況に興奮する。

この映画が目当てで来た人には申し訳ないなとは思ったが、自分との約束を遂行するために、可畏が事前に手を回してくれたことが嬉《うれ》しくてたまらなかった。

「こうなったら当然プレミアシートだよな。あそこ、シートの色が違うとこ」

潤は一度でいいから座ってみたかった中央部分の座席を指差し、旅客機のビジネスクラスのシートを彷彿《ほうふつ》とさせるプレミアシートに腰かける。

長時間座っていても楽そうな座り心地に感激していると、支配人が飲み物を運んできた。

樹脂製のトレイに載っているのは、蓋のついたLサイズの紙コップだ。これから観る映画とコーラ会社のコラボ商品で、ストローが添えてある。

「グラスでお出しするべきか迷ったのですが、それでは雰囲気が壊れてしまうかと思いまして。如何《いかが》でしょうか?」

「これでいい」

男の問いに答えた可畏は、飲み物を二つ受け取ってから潤の隣に座った。

ひんやりと冷たいコップを渡された潤は、その瞬間に可畏と目を見合わせる。

なんだか彼氏みたいだな——そう思うと、掌の温度とは裏腹に顔が熱くなった。

交わした言葉は「ありがとう」だけで、程なくしてシアター内の照明が落とされる。

非常口を示す緑のパネルばかりが目立つ空間で、映画の予告が始まった。

流れる予告の中には興味を引かれるものもあり、観たいな……と思った潤は、可畏と二人で観にくることを想定する。

リムジンで来たりシアター丸ごと貸し切りにしたり、とても普通とはいえないが、それでもやはりこれはデートだ。

氷がガシャガシャと鳴る烏龍茶を飲みながら、話題の映画を並んで観ている。

一緒に歩いて女の子をキャアキャアいわせるのも楽しく思えて、これからもこういう時間を持ちたいと思った。

——いつもはすぐ触ってくるのに、手も握らないんだな。

映画が始まっても、潤は隣に座る可畏のことが気になってなかなか集中できない。

普段はソファーに並んで座ることが多いので、肩に手を回され、その手を胸元に入れられて、乳首を弄《いじ》られるのが当たり前になっていた。

今は間に肘《ひじ》かけがあるため同じことはできないが、指一本触れられていないうえに顔を見るわけにもいかない状況だと、なんだか不安になってしまう。映画が面白くなかったら、機嫌を悪くして帰ってしまうんじゃないか、ティラノサウルス・レックスが悪く描《えが》かれていたら怒りだすんじゃないか……そんなことばかり考えて、物語に入り込めなかった。

──あ、そうか、自分から触ればいいんだ。

向こうから触られるのが普通になっていたので思いつかなかったが、こちらから可畏の体に触ってはいけないというルールはない。

出会ってから最初の一月くらいは、「好きだ」とか「一緒にいたい」という言葉を期待し、優しくしてくれたら俺も同じ気持ちになるかもしれない──などと、あくまでも待ちの姿勢でいたものだが、今ではだいぶ状況が違っていた。

放たれた感情を受け止めるのは、週に一度あるかないかといったところだが、そんな現象に頼らなくても、可畏の気持ちも自分の気持ちも見えつつある。本当は淋しがり屋の彼に対して頑なに意地を張る気はなく、能動的に好意を示すのも吝《やぶさ》かではなかった。

そっと手に触れると、肘かけの上にあった手がびくっと震える。

スクリーンがジャングルのシーンを映しだしていたので、振り向く可畏の姿が緑色掛かって見えた。いつ見ても鮮烈な白眼は、様々な色が乗っても変わらず綺麗だ。

「怖いのか?」

草食恐竜が肉食恐竜から逃げているシーンだったせいか、可畏は何か勘違いしたらしい。

手を握った理由を得た潤は、肯定も否定もせずに指に力を籠《こ》めた。

すると可畏は掌を上に向け、指を交差させて握り返してくる。

――うわ、恋人繋《つな》ぎだよ、これ。

可畏がスクリーンの方を向いたので、潤も同じようにした。

手を握り合ったまま観ると字幕を追う余裕がなくなり、映画の内容がますます頭に入らなくなる。

色々あってティラノサウルスの卵の中に交ざって孵化《ふか》したトリケラトプスの子供が、本来は敵であるティラノサウルスの母親や兄弟に守られてたくましく育つ――という、現実にはあり得そうにないストーリーなのはわかったが、途中で群れを出た理由や、ジャングルの中を逃げ回っている理由についてはわからなかった。

「こんなことが現実にあると思うか?」

意外にも真面目に映画を観ていた可畏は、中盤を過ぎてから姿勢を変える。

これまで以上に深く背凭《せもた》れに沈み込み、「くだらねえな」と吐き捨てて笑った。

「ないと思う。卵から孵《かえ》った時点で食べられそうだし」

「その通りだ。カッコウの子を育てるモズじゃあるまいし、ティラノの親はそんなに馬鹿じゃない。兄弟にしてもそうだ。美味そうな匂いのするチビがそばにいれば、本能で食らいつく」

「うん……夢がないけど、そうなんだろうな」

「実の子でさえ、弱い個体なら食うか見殺しにする。それが恐竜だ」

「実の子でも？」

「少なくとも俺の親兄弟は、弱い個体を同族とは認めない。存在すら許さずに葬ってきた。今現在生きてる兄は七人いるが、淘汰《とうた》されて死んだ兄も三人いる」

「──っ、え？」

「育てたところで強い個体にはならないと判断したら、容赦なく生き埋めにするらしい。弱い個体は一族の恥だからという理由で、木箱に詰めて地中に埋めるそうだ。それでも本人たちは、食い殺さないだけ高尚だと思ってるんだから、笑えるだろ？」

　スクリーンを走り回るトリケラトプスの子供の姿が視界の隅に入り込んでいたが、潤は隣に座る可畏の顔ばかり見ていた。

　映画館で泣いたことなど一度もないのに、今は映画と関係なく涙腺が緩む。

殺された可畏の兄に対する憐憫《れんびん》ではなく、安堵《あんど》により心が揺れたせいだ。

「全然、笑えないけど……そうされなくて、よかったな」

　握り合っていた手に力を籠めていうと、可畏は息を呑む。

映画のシーンと共に変化する光の中で、その顔は暗くなったり明るくなったり色づいたりと目まぐるしく変わっていくが、実際の表情は少しも変わらなかった。

「俺は、強いからな」

「うん、わかってる」

潤は可畏の顔から目を逸らし、彼の後ろにあるティラノサウルス・レックスの影を見上げる。大部分は映写室や天井にめり込んでいるが、学院や寮にいる時よりは恐竜らしい形に見えた。目を凝らしたら表皮も見えそうで、潤は影に焦点を絞ろうとする。

「俺を見ろ」

そう命じられるなり顎《あご》を摑《つか》まれた。いつものように強引に、ぐいっと引き寄せられる。

「見てるよ……この影だって、お前なんだろ？」

正論を返した潤に、可畏は何も答えなかった。

シートから身を乗りだしたかと思うと、いきなり深く唇を重ねてくる。

「ん……っ、う」

顎に触れられた瞬間から、こうなることはわかっていて……潤は躊躇《ためら》いなく可畏の唇を受け止めた。自分もこうしたかったのだ。弱肉強食の竜人社会に生まれた可畏が、強くて恐ろしい母親の手で淘汰されることなく今ここにいることを、よかったと思う気持ちのままに、可畏の体に触れたかった。

「ふ……っ、は……」

舌を交わしながら抱き上げられ、彼のシートの上に移される。

座面の際に膝を立てた潤は、頭上に聳《そび》える恐竜の影を意識しながら可畏の肩に縋《すが》りついた。

映画の途中だとか、貸し切りとはいえ公共の場でこんなことをしてはいけないとか、可畏にいっても意味のなさそうな言葉が浮かんだが、全部丸ごと引っ込める。

ベルトを外されて制服のパンツや下着を下ろされても、何もいわずに可畏の唇を味わった。

したいと思う気持ちは自分も同じで、止めるだけの要素が見つからない。

映写室が下から丸見えだったが、人気《ひとけ》はなく、映画が終わるまでは時間的に余裕がある。

何も問題がないような気がして……けれどもいけないことだという罪の意識も確かにあって、それが興奮に結びついていた。

「ん、ん……ぅ」

可畏に導かれて彼の股間《こかん》を探った潤は、濃密なキスをしながら可畏のベルトを外す。

パンツのボタンも外し、ファスナーも下ろした。

実際には、下ろすというより高い山の稜線をなぞる動作になる。

上げているのか下ろしているのかわからなくなるくらい、突きだした雄が張り詰めていた。

「濡《ぬ》らせ」

唇を離すなり命じられ、潤はシートから膝を下ろす。

命令口調ではあるが、以前と比べたら優しくなったな……としみじみ思った。

最初の頃、虫の居所が悪い時はゼリーも使わずに突っ込まれて、死ぬかと思うような痛みに打ち震えたこともある。そういう時の可畏は、裂傷と出血に悶《もだ》える潤の体を容赦なく突いて、粘膜や皮膚を通して血を吸い上げていた。

血塗《ちまみ》れのセックスは、可畏にとっては性欲と食欲が満たせる最高の時間だったのだ。

傷が治って痛みが引くと怒りも薄れてしまうのが、よくもあり悪くもあったが、潤にとってその瞬間は悪夢のようで、毎回毎回、殺意すら覚えた。

——こんなの見て、勃《た》つようになるなんて思わなかったな。

潤は尻だけを剝《む》かれた状態で可畏の足の間にしゃがみ込み、自身の昂《たかぶ》りを自覚する。

眼前で浅黒いペニスが堂々と勃起《ぼっき》する様は圧巻で、神々しく感じられた。特に、くっきりと張りだした雁首の形状と立体感は目を瞠《みは》るばかりだ。括《くび》れに落とされた濃い影や脈打つ血管を見ていると、性器その物が一つの生命体のように躍動的に感じられる。

「ん、く……ふ……っ」

根元に手を添えて裏筋を舐《な》めた潤は、無理のない範囲で亀頭を口に含んだ。

ディープ・スロートも以前より上手くなり、咽頭《いんとう》に向けてくわえ込んでは首を引き、苦しくなるぎりぎりのところで口淫《こういん》を続ける。

「……ん、う……ぐ……ぅ」

指示されたのは濡らすことだけだが、それだけでは終われない衝動があった。口や舌で、もっと気持ちよくさせたいと思ってしまう。

――俺は可畏のことがちゃんと好きなのかな？　それとも特殊な環境に身を置いてたせいで、可畏に頼るしかないって思い込んでるとか？　ＤＶ男がたまに優しいと凄く優しく感じるとかいう、馬鹿な錯覚？　可畏の感情を読んで、それに同調したせい？　それとも……。

単に可畏とのセックスに溺《おぼ》れているだけかもしれない――そんな可能性に行き当たった潤は、トリケラトプスの明るい声を聞きながら立ち上がる。

可畏が座るシートの背凭れに手を当て、座面に再び膝を乗せた。

見上げてくる可畏の目に晒《さら》されながら、自分で腰を落としていく。

「つ、ぅ……う！」

字幕が見えないので状況がよくわからなかったが、無邪気に喜ぶ幼竜の声と比べて、自分がとても不純で浅ましい存在に思えた。けれどもその一方で、この行為の甘さに酔う。

可畏を好きになる理由の一つに性の悦びが入っていたとしても、それを悪いことだとは思えなかった。心が伴っているからこそ、可畏との行為がより気持ちよくなっているのだ。

確かに不純だと思うけれど、他の誰でもない、可畏とだから今すぐしたい……我慢できないくらい、繋《つな》がりたくてたまらない。

「う、あ……ぁ、あ……っ」

制服のパンツや下着を中途半端な位置まで下げた状態で、潤は可畏の昂りを迎え入れる。最も太い所を呑み込む瞬間は苦しかったが、それを過ぎてしまえば意識が飛びそうなほどの快感が待っていた。

「ん、ん……う、ふ……ぁ！」

ギシッギシッとシートが鳴りだし、迫力ある恐竜の鳴き声や地響きに重なる。

ＣＧで再現された恐竜が何トンもの巨体で走り回る中、潤は可畏の後ろにいる静かな王者を見上げた。可畏が感じると、彼が背負う恐竜も感じるのだろうか——そんなことを考えながら自ら腰を落とし、可畏の雄を気持ちのいい所に当てる。

「あ、あ……ぁ！」

「動きにくいか？」

「ん、一度……イッて欲しい」

潤はシートの背凭れを摑んでいた手を可畏のうなじに当てて、上下にぎこちなく動きながら額にキスをした。可畏の頭を掻《か》き抱き、同じ場所に何度も唇を当てる。

「ん……ぅ、う」

「——ッ」

身を沈めることで唇の位置を合わせると、まともなキスをすることもできた。

「ふ、う……ん……っ」

唇を崩し合って舌を交わせば、期待通りの結果が得られる。

体内にある可畏の雄が一際硬くなった。ぬめりの足りない結合部は摩擦でズキズキと痛み、あまり激しく動くことはできない。その分、口の中で舌を蠢《うごめ》かせる。

「は……っ、ふ、ぁ」

ブレザーやシャツに隠れた尻を片手で掴まれ、もう片方の手で胸に触れられた。

乳首を指先で摘まれると、腰が震えて括約筋が収縮する。

「──ッ、ゥ……！」

「んう、ぅ──っ！」

ドクンッと、体内に可畏の脈動が響き渡る。

潤が動けずにいたにもかかわらず、可畏は早々に中で達した。

彼がしたことといえば、口づけをしながら尻や胸を少し触ったに過ぎない。

性器に対して直接的な刺激は少なかったというのに、次々と精を放って止まらなかった。

「は……あ、熱ぃ……中、に……っ」

どうしよう、嬉しい──胸に込み上げる想いのまま、潤は沈めていた腰を上げる。

結合部に可畏の精液を行き渡らせるべく、小刻みに腰を揺らした。

──そんなに気持ちいいことしてないのに、硬くして、イッた……。

ぬめりを纏《まと》うことで余計な摩擦がなくなり、思うように動けるようになる。

ズプズプと音を立てながら繋がりを求めると、可畏の両手で腰と尻を摑まれた。

このあとにどんな快感が待っているのか、身を以て知っている。

次に達《い》くのは潤の番だった。本格的に動かれる前から、想像だけで達ってしまう。

「あ、あ……ああぁ……！」

シャツの前身頃の内側に射精した潤は、達きながら突き上げられる。

映画の大音量と色とりどりの光の中で、重厚なシートが揺れるほど激しく抱かれた。

「ふあ、ぁ、あ……っ！」

小さな孔から続く肉洞を限界まで拡張され、硬い肉笠で掘り込まれる。

一ストロークごとに可畏の精液が飛沫《しぶ》いて、内腿《うちもも》がしとどに濡れた。

「あ、あ……っ、こんな、とこで……こんな、こと」

「いまさらだろ」

「シート、汚しそうでっ」

「支配人が片づける。つまらねえこと気にすんな」

「うあ……っ、あ、あぁ！」

「――ッ、ゥ……」

太い両腕で思うままに体を浮かされ、そして落とされる。

質量のある熱い物で奥を抉《えぐ》られると、自分の体が可畏に取り込まれる錯覚を覚えた。

繋がって一つになるというよりは、自分を手放して彼の物になる感覚だ。

「んんっ、ん――っ！」

がくがくと突き上げられて髪を振り乱した潤は、烏龍茶が入った紙コップに足をぶつける。

シアター中に轟《とどろ》く恐竜の鳴き声に、氷の音が重なった。

そうかと思うとスクリーンが赤く染まり、音が消えてシンと静まり返る。

水を打ったような静けさだ。結合の卑猥《ひわい》な音ばかりが響き渡った。

「は……ふ、ぅ、ああ……！」

どんな場面なのかわからなかったが、赤い光に照らされる可畏に惹きつけられる。

目が釘づけになるほど肉感的な唇に、むしゃぶりつきたくてたまらなかった。

「可畏……っ」

彼の下唇をちうちうと吸いながら、潤は絶えず突かれる悦びに悶える。

静かなシーンが続いているせいで、体の音も吐息も淫《みだ》らに響いた。

しまいには息を殺して、両腕を可畏の首に回して縋りつく。

――好きだ……って、いわれたい……お前だけは特別だって、いわれたい。

押し寄せてくる絶頂に眩暈《めまい》すら覚えながら、潤は静かに目を閉じる。

この映画ができるだけ長く続くことを、切に願っていた。

《十》

映画のスタッフロールが流れている間に支配人を呼びつけた可畏は、彼を駐車場に向かわせ、リムジンに常備してあるスペアの制服を持ってこさせた。

非常灯だけが灯る暗いシアター内で着替えを済ませて、ほとんど汚れなかったシャツを潤に貸す。潤の着替えはなかったが、体勢的にパンツは綺麗なままだったので、上さえ着替えれば取り繕うことができた。

体に合わない大きなシャツを、そうとはわからないようベルトの下に詰めた潤は、限りなく黒に近い紫紺のブレザーを着直す。支配人が用意した鏡を見ながら、髪の乱れも直した。

そうしたあとになってトイレに行きたいといいだしたので、可畏はシアターの中で潤を待つことにする。先程までとは違うシートに腰かけると、支配人が「映画は如何でしたか?」と、無意味なことを訊いてきた。

「それなりに愉しんだ」

「ありがとうございます。大変光栄に思います」

支配人は可畏の斜め前に立ちながら、深々と一礼する。そして顔を上げると、「雨足が強くなってきました。雷が鳴っているようですので、お帰りの際はお気をつけください」という。

「雷……」

好ましくない単語を口にした可畏は、シートに座りながら天井を見上げる。

意識して耳を澄ますと、確かに雷鳴が聞こえた。そう遠くはなさそうで、嫌な予感を覚える。

「シートのクリーニング代でも交換費用でも、なんでも好きに請求しろ」

「いいえ、とんでもございません」

実家に余計な情報を摑まれたくなかった可畏は、シアターを貸し切りにする際に個人資産を使っていた。追加の請求に関しても、「俺宛てに請求書を送って寄越せ」といい渡す。

「いえ、どうか本当に。お会いできただけで大変な名誉なのです。本来ならば、私などが直接お世話をさせていただける方ではありませんので」

ドロマエオサウルスの遺伝子を持つ支配人は、映画が終わっても続く薄闇の中で膝を折る。

可畏の足元に膝をつき、「失礼を」といいながら革靴の底に口づけてきた。

「俺の靴底は美味いか？」

「っ、は、はい……それはもうっ」

この男やヴェロキラを含め、アジア圏の小型肉食竜人は大抵がこの調子だ。

竜嵜《りゅうざき》家は、ティラノサウルスの遺伝子を受け継ぐ世界有数の暴君竜一族として名高い。

屈服する竜人は庇護下《ひごか》に置き、逆らう者は容赦なく惨殺してきた。

可畏の曽祖父の時代に北アメリカのティラノサウルス一族と姻戚《いんせき》関係になり、アジア最大のタルボサウルス（ティラノサウルス科）からの脱却を図ったものの思うようにはいかなかった竜嵜家にとって、極めて希少な雌のティラノサウルス・レックスである可畏の母親——帝訶《ていか》と、世界的にも最大級の同種である可畏の存在は至宝といえる。

可畏は一族の意向のまま強く残虐な暴君竜として成長し、弱冠十五歳にして、アジア全土に散っていたティラノサウルス一族の大半を殲滅《せんめつ》させた。そのうえで小型肉食恐竜と草食恐竜のすべてを服従させ、竜嵜家をアジア最強一族へと押し上げたのだ。

「可畏様の可愛い御方が戻られたようです。このあとは予定通りにお帰りになられますか？もし施設内を回られるようでしたら、僭越《せんえつ》ながら私がご案内させていただきますが」

可愛い御方——といわれて、可畏は当惑する。その言葉を否定するべきなのか否か、いっそ腹を立ててこの男を蹴り倒すべきなのか、自分が取るべき行動に迷った。

「帰るだけだ。ここでいい」

こういった場面で迷うこと自体に驚いて反応が遅れ、結局聞き流すことになる。これまでは気に入らないことと、そうではないことの差が明確で、いつだって素早く判断ができていた。

少しばかり気に入らなければ、殴るなり蹴るなりすればいい。酷く不快なら殺せばいい。

気分がよければ褒美をくれてやればいい。判断はその時の気分次第——いつも簡単だった。

「ごめん、お待たせ」

前方の扉から入ってきた潤が近づいてきて、支配人に向かって「すみませんでした」といいながら頭を下げる。姿勢が悪く歩き方が不自然で、膝や腰が痛そうだった。

しばらくすれば治るので気にする必要はないが、激しく抱いて無茶をさせた自覚はある。

「帰るぞ」

二人分の精液の匂いを纏った潤を見ていると、自分の物だという実感が強く湧《わ》いた。

これまでマーキングという概念はなかったが、自分の匂いが潤の体にべっとりとついていることが、たまらなく気持ちいい。

シアターを出てホールに向かうと、来た時とは打って変わって静かだった。吹き抜けにある大きな窓の向こうは真っ暗で、大粒の雨がバチバチと音を立てている。空が光ると同時に、雷鳴が聞こえてきた。ゲームコーナーにいた若い女が、「キャアッ」と甲高い声を上げる。

「可畏、関係者用のドア開けていいんだよな？」

潤は雷を恐れていないらしく、まるで何も聞こえていないかのように淡々と訊いてきた。

可畏が「ああ」と短く答えると、腰をさすりながら金属扉を開ける。

支配人の手配により片づいてはいるものの、扉の向こうは飾り気のない空間だった。

しばらく通路を進むと、業務用エレベーターと非常用の内階段が見えてくる。

ここは十一階なので当たり前だが、潤はエレベーターのボタンを押した。

「階段で行くぞ」

可畏は潤の行動を無視して、階段に足を向ける。

これが竜人なら黙ってついて来るところだが、潤は「なんで？」と訊いた挙げ句に、可畏が答える前に「まだ腰が痛いし」といってきた。

狭い箱のような場所が大嫌いで、万が一停電すると嫌だから——そんなことはいえなかった可畏は、問答無用で階段を使わせようとする。潤を睨《にら》み据えたところで、親や妹を殺すとでもいわない限りどうなるものでもないのはわかっていたが、極力凄んで「こっちに来い」というつもりだった。

「腰だけじゃなくて、中が、まだ変なんだ。いっぱい……したから」

可畏の事情など知らない潤は、開いた業務用エレベーターの前で頬を赤らめる。

はにかんで俯《うつむ》きながら腰をさする仕草や表情には、以前のような屈辱感はなかった。

ただ恥ずかしがっているだけで、発言の内容も恋人に対する甘えのようなものだ。

お前の精液が残ってるんだから、気を遣ってくれよ——と、琥珀色《こはくいろ》の目が訴えてくる。

上目遣いで、少しばかり責めるような目つきで……そして可畏が近づくと、ブレザーの袖を摘まむように引っ張った。

「ここ、十一階だし」

くすっと笑いながらいわれ、可畏は捕らえられた感覚に陥る。

階段から今の位置まで何歩かあったが、いつの間に歩いたのか自覚がなかった。

吸い寄せられるように潤に向かって動いた足は、そのままエレベーターの床を踏む。

学院の校舎に作らせた物とは比べようもないが、このアウトレットの業務用エレベーターもそれなりの広さがあった。操作パネルの前に立った潤がドアを閉める瞬間も、可畏は頭の中でひたすらに、「ここは広い、狭い箱じゃない」と自分自身にいい聞かせる。

学院のエレベーター内には、天井が高く感じられるようソファーを置いて、必ず座りながら昇降するのだが、ここには座る場所などなかった。無論、しゃがんで見上げるようなみっともない真似はできない。

エレベーターはスムーズに下がっていき、上部に表示されている数字が次々と変わる。

そして8と表示された瞬間、突然小さな震動が走った。

ほぼ同時に聞こえたのは落雷の音だ。震動は小さくとも、雷の音は大きかった。

「うわっ、停電!? 雷が落ちたのか!?」

一瞬にして恐怖に晒された可畏を余所《よそ》に、潤が声を上げる。

認めたくない。本当に認めたくなかったが、小さなかごの中は真っ暗になっていた。

潤のいう通り、落雷による停電が起きたのだ。

可畏の目は人間のそれとは違って闇の中でも物体を捉えられるが、まるで色のついていない、ネガフィルムのような見え方だった。

「……ッ、ゥ」

潤の姿もエレベーターの操作パネルも壁も見えているにもかかわらず、視覚を裏切る錯覚が可畏を襲う。

エレベーターの天井が下がり、壁が迫ってきて頭や腕を圧迫された。

身じろぎすら儘《まま》ならない狭い空間に閉じ込められ、カンカンと釘を打ちつけられる。

雷の音よりも遥かに恐ろしい、釘の音が……振動として脳に伝わってきた。

可畏の口は、「やめろ、ここから出せ」という形に動く。けれども声にはならなかった。

かつて見せられた地獄の記憶が、闇の中でフラッシュバックする。

幼い日に……頭まで押さえつけられるほど窮屈な箱の中に閉じ込められ、息もつけずに悶え苦しんだのだ。「助けて、助けて！」と叫びたくても声が出ず、爪が剝《は》がれ、指の骨が折れるほど木箱の内側を搔《か》き毟《むし》った。あの時の痛みが指先に蘇《よみがえ》る。

「可畏、携帯持ってるだろ？　ライト点けてくれ」

潤の声が聞こえたが、言葉として理解するまでに長い時間が必要だった。

全身の毛穴から汗が噴きだし、呼吸が困難になる。

吐き気がするほどの頭痛と内臓の軋みに耐え切れなくなった可畏は、エレベーターのかごの床に座り込んだ。体を極力小さく丸め、縮んでいく狭小な立方体に怯《おび》える。

「客用エレベーターならこんなことにはならないよな。業務用は電気系統別とか？」

潤の声は頗《すこぶ》る冷静だった。可畏は、自分が如何《いか》に異常な状態かを察する。

雷が落ちて停電になったとしても、すぐに復旧するはず。支配人か運転手が気づいて様子を見にくる——そう思っても頭の中で秒針がカチカチと時を刻み、恐ろしく長い時間に思える。

釘を打ちつける音もやまず、脳内の血管をドクドクと流れる血潮の音も聞こえてきた。

騒音の向こうで、現実の雷も鳴っている。

開かない扉が憎らしい。かといって、抉《こ》じ開けようにも足が竦《すく》んで立てなかった。

伸ばそうとした手も、数センチしか動かせない。指先が氷のように冷たくなってかじかみ、震えを通り越して痙攣《けいれん》を起こしていた。

「可畏？　座ってるのか？　ほんと真っ暗で何も見えないな」

可畏のように夜目が利かない潤が、横にしゃがみ込む。

「携帯のライト」と、もう一度いってきた。

脆弱《ぜいじゃく》な人間のはずが、雷も闇も恐れずに淡々としている。

その態度が可畏には不思議でならなかった。

「こんな状況で……怯《ひる》まない、のか？」

どうにか声を出せたことに、自分でも驚く。

少しばかり震えた声になってしまったが、潤は気づかない様子で、「全然」と即答した。

「お前と一緒だし」

当たり前のように、そういわれる。

床に膝をついたまま動けずにいると背中に触れられ、ブレザーのポケットを探られた。

携帯を見つけて摑んだあとになって、「使っていいよな？」と断られる。

早く灯りがほしかったが、顔を見られるのは避けたかった。

自分の今の表情を考えると、潤の手から携帯を奪い返したくなる。

しかしろくに動けないまま、光るライトを目にした。

ネガフィルムのような世界に、突然色が現れる。

「可畏……大丈夫か？　え……っ、あ、もしかして具合悪いのかっ⁉」

これまで冷静だった潤は、表情を一変させた。

それほどに自分の状態が酷いのだろうと思うと、可畏は今この場で潤をどうにかしてしまいたくなる。身内にも他人にも知られていないこと――自分の決定的な弱点。

それを知る者が、この世に存在してはならないのだ。

地下や狭小な空間が嫌いなのは、あくまでも選り好みでなければならない。

権力者は得てして、高い所や広々とした空間、陽の当たる輝かしい場所を好むものだ。故に、これまで誰にも怪しまれずに十八年間生きてこられた。

「まさか、閉所恐怖症……なのか？」

ああ、駄目だ……早くコイツを殺さなくては――。

いずれにしても、潤を愛妾にして間もなく二ヵ月が経つ。

そろそろ母親や長兄辺りが、愛妾《あいしょう》を寄越せと要求してくる頃だ。

大人しく渡さなければ、強引に攫《さら》って犯して食うだろう。

自分の物を勝手に奪われるのが嫌で、飽きる前に下げ渡したことが何度もあった。

不意を衝かれるくらいなら、要らない物として施す方がマシな気分でいられたからだ。

攫われた愛妾を救いだそうと思ったことは一度もなく、ただ次の相手を見繕うだけだった。

──寄越せといわれる前に、自分で始末する理由ができた。

完全無欠の暴君竜に、弱点などあってはならない。

絶対に隠し通さなければならない秘密──こんなつまらない疾患で、足を掬《すく》われるわけにはいかなかった。

これまで纏まりのなかったアジア系竜人を支配し、竜王国を築くためのプロトタイプとして竜泉学院を思うままに動かしている今、愛妾如きのために躓《つまず》くわけにはいかないのだ。

自分はいずれ王になる。名門一族の末息子ではなく、最強の雌さえ凌駕《りょうが》する王に──。

「可畏……大丈夫だ。怖くない、すぐ動きだすし、明るくなるから」

なんだこの程度の男だったのかと、嘲笑《わら》われて陥れられ、負け犬になるのは嫌だった。

誰かに不本意な行為を強要されるのも、命じられるのも閉じ込められるのも殺されるのも、絶対に御免だ。

「大丈夫、怖くなんかない。独りじゃないだろ？　ほらここに、一緒にいるから」

潤は携帯を床に置き、手を握ってくる。

嘲笑うことはなく、苦笑すらもしない。

驚いた末に心配そうな顔をして、或いは申し訳なさそうな顔で、石像の如く固まった背中をさすってくる。

「無理やり乗せて、ごめんな……気づかなくて」

眉を歪《ゆが》ませた潤は、「大丈夫だから」と無責任なことを口にした。

「大丈夫、怖くない」

また同じことをいわれる。

根拠などまったくないのに、何故か本当に平気な気がした。

体に密着するほど迫っていた錯覚の壁が、本来の位置まで引いていく。

恐る恐る上を向くと、頭まで下がってきていたはずのエレベーターの天井が徐々に上がっていき、恐ろしい幻覚が終わろうとしていた。

――今だけだ……生かしておくのは、今夜まで……。

潤の手つきが優しくて、殺意が揺らぐ。

それでも生かしておくわけにはいかないのだ。

秘密を知られたからというだけではない。最早そんな問題では済まなかった。

潤と顔を合わせることを避けた可畏の視線は、床に置かれた自分の携帯電話に向かう。

イヤホンジャックに差し込まれたアクセサリーは、今もそのままだ。

樹脂製のティラノサウルス・レックスが、エレベーターの床の上で横に倒れている。

「可畏……」

名前を呼ばれた途端、可畏は自分が潤の体に縋りついていたことに気づいた。

力を入れ過ぎたせいで潤は苦しそうにしていたが、それでも「大丈夫」といってくる。

潤に誘われなければ、こんな所にはこなかった。

潤が甘えたからエレベーターに乗ったのだ。

雷が鳴っていて嫌な予感がしたのに、潤の都合を優先してしまった。

いつも通りの自分でいれば、何事もなく過ごせていたはずだ。

「こんな茶番は……終わりにするぞ」

「可畏？」

ペースを乱されるのも、自分らしさを壊されるのも恐ろしい。

今はこの温もりが手放せないが、灯りが点いたら……そしてこの空間から解き放たれたら、
潤を殺そう。危険な芽は早く摘まないと、足を掬われるだけだ。

《十一》

何事もなかったかのように夜が明けて、潤は腕時計仕様の目覚ましの振動で起こされる。予め起床希望時間を設定しておくと、それに近い時間の中で一番心地好く目覚められるタイミングで起こしてくれる代物だ。

日中使っている腕時計と同じく、これも可畏から贈られた物だった。

機械に起こされたくない可畏の都合とはいえ、なかなか気に入っている。

キングサイズのベッドには、いつも通り可畏が寝ていた。

彼が眠る時に身に着けるのは、下着とシルクのガウンだけだ。

この学院に来てから潤も同じ恰好《かっこう》で寝るようになった。今も素材違いのガウンを着ている。

シルクは極力身に着けたくないので、オーガニックコットンのベージュのガウンを用意してもらっていた。下着は穿《は》いて寝る余裕がある時とない時があり、昨夜は後者だった。

――なんか……濃かったな、昨日……。セックスで気が晴れてたらいいけど……。

雷でアウトレット施設内の電気系統の一部が使えなくなり、業務用エレベーターに閉じ込められたのは、わずか三分程度のこと。たったそれだけだったのに、可畏には無限のように長く感じられたようだった。

あの時、潤は可畏の感情を遅れて読み取った。

『怖い』『怖い』『怖い』『怖い』――恐怖心が一気に押し寄せてきたため、可畏に同調して呑み込まれ、自分まで震え上がりそうだった。

しかし一緒に怖がっているわけにはいかず、気を強くもって自分を保った。可畏の力になりたいと思ったのだ。怖いならそばにいて、しっかりと手を握り、声をかけて励ましたかった。

結局力になれたのかどうなのか……エレベーターから降りたあとの可畏は、浅黒い肌をしていてもわかるほど顔色が悪く、駐車場のベンチで一時間ほど休んだ。

二人でペットボトルを手に水を飲み、ほとんど話さずに座っていた。

可畏は終始具合が悪そうで、ようやく口を開いたかと思うと、「誰にもいうな」と、重たい口調でいってきた。

口止めされるまでもなく秘密にするのが当たり前だと思った潤は、「うん」と即答して――しかしそれでは可畏の不安が晴れない気がしたので、ペットボトルのせいで冷たくなっていた小指と小指を絡めて、「約束する」と答えた。

――無理にエレベーターに乗せたのは悪かったけど、これでちゃんとお互いのことを知って、気持ち的な距離が縮まるのかもしれない。

潤は目覚まし専用の腕時計を外し、ベッドを抜けだして洗面室に向かう。

つい先日まで青色のファブリックを基調としていた部屋は、帰省中に秋色に変わって、銀杏《いちょう》並木や紅葉を彷彿とさせる彩りになっていた。

洗顔を終えて戻った潤は、遮光カーテンの隙間から射す光の中で可畏の寝顔を見下ろす。首からかけたタオルで濡れたこめかみを押さえながら、昨夜の真っ青な顔を思いだした。血の気が引くようなことを散々されてきたけれど、可畏が痛い目に遭う姿は見たくない。

――俺は動物の死にかかわる物が苦手で、肉を口に入れそうになっただけで吐いたり、熱を出したり寝込んだりして……それは結局、妙な力を持ってる俺の弱点みたいなものだけど……閉鎖空間が怖いのが可畏の弱点で、人間らしさだとしたら……俺は、そういうところも含めて可畏を好きな気がしてる。出会った時からずっと、可畏の中に弱い部分というか……孤独感があるのを知ってはいたけど……今改めて、そう思う。

自然に込み上げてくる愛しさ、守りたいと思う気持ち、それらを大切にしたいと思った。

毎朝の役目として与えられたことをするために、潤はタオルを置いてベッドに戻る。

マットの上を膝歩きして可畏の真横に行き、正座に近い姿勢を取った。

これから可畏の朝勃ちのペニスをしゃぶって、心地好い目覚めを促さなくてはならない。

愛妾や一号と呼ばれる彼のルームメイトは、一人残らずこの役目を果たしてきたのだ。

そう考えると、なんだか複雑な気分だった。

——これまでの誰よりも上手いとか……イイとか、思われたくなるんだよな。

潤は自分の中に生まれた対抗意識や独占欲を自覚しつつ、アイダーダウンの上掛けを掴む。

若々しく昂っているであろう物を口に含んで、いつも通り奉仕するつもりだった。

それを嫌だと思っていない自分の気持ちを認めながら、掴んだ物をめくる。

「今日はいい」

「……っ、あ」

惰性ではなくやる気になっていた潤の耳に、意外な言葉が飛び込んできた。

いつの間に起きたのか、可畏に睨み上げられる。

可畏は基本的に寝起きが悪く、不快な物音で強制的に起こされるのを嫌っていた。洗面室を使ったことで起こしてしまったのかと焦った潤は、どう対処するべきかを考える。

「お、おはよう……起きてたんだな」

「おはよう」

潤の挨拶《あいさつ》に、可畏は同じ言葉をそのまま返してきた。

出会ってから二ヵ月近く経つが、「おはよう」などといわれたのは初めてのことだ。

びっくりすると同時に、潤は可畏の表情が起き抜けのものではないことに気づく。

つい先程まで寝顔を眺めていたつもりだったが、どうやら本物の寝顔ではなく、先に起きていたらしい。

マットの上に正座したまま目を瞬かせていると、「そのまま後ろを向け」と命じられた。

「あ、うん……」と答えた潤は、いわれた通りにする。

背後からカタカタと音がして、可畏の方を振り向きたくなった。

しかしそうせずに黙っていると、右手を掴まれてカシャンッと冷たい輪を嵌《は》められる。

何か別の物だと思えるものなら思いたかったが、目で見なくても手錠だとわかった。

「可畏……っ、なんだよこれ」

「大人しくしてろ」

足を崩して振り向くと、やはり手錠が目に入る。もう片方の輪も瞬く間に左手首に嵌められ、潤は逃げたい気持ちと可畏を信じたい気持ちの間で心を揺らした。

昨夜は帰宅後に一緒に入浴し、濃厚なセックスをして、いつもよりも丁寧に抱かれたのだ。

可畏は正常位ばかりを続け、随分と長い時間挿入したまま緩急をつけていた。

繋がったまま、何度も何度もキスをしたのを憶えている。

二人の間に問題は何もないはず——そう確信した刹那《せつな》、後ろから伸びてきた手で口に何かを詰め込まれた。

「う、ぐ、ぅ……!?」

硬い樹脂製の球状の物だと気づくや否や、ＳＭ道具のボールギャグが頭に浮かんだ。

反射的に前屈みになって抵抗したが、可畏の腕力に勝てる道理がない。

ボールギャグを口にくわえて一言も話せない状態にされた潤は、後頭部でベルトを締められ困惑する。数秒もしないうちに唾液が零れ、顎に向かって伝っていった。

酷くみっともないが、両手を拘束されているため拭《ぬぐ》うこともできない。

——なんなんだ、これ……新しいプレイとか、なのか？　そうだよな？　怒ってるようには見えないし。けど、なんかいつもと違う気がする。

潤は可畏の手が離れるなり前方に身を崩し、溢れる唾液をシーツに染み込ませた。

手が背中側にあるためそうするしかなく、息苦しくて呻《うめ》き声ばかりが漏れる。

「お前との遊びは終わりだ」

「っ、う、ぅ……っ⁉」

「要らなくなった愛妾は親兄弟にくれてやるのが慣例になってたが、お前にはいくらかマシな最期を迎えさせてやる」

「ん……っ、うぅ！」

「俺の知らない所で、一刻も早く死んでくれ」

可畏はそれだけいうと立ち上がり、寝室の主扉に向かっていった。

振り返ることもなく扉を開けて、続き間の方へと消える。

何が起きているのか俄《にわか》には理解できず、潤にはまだ可畏を信じる気持ちがあった。

これは悪い冗談だと思いたくて……可畏が戻ってくることを願って声を張り上げる。

到底、人間の言葉とは思えないような奇声しか出なかったが、それでもひたすら声を出して可畏を振り向かせようとした。

──どうしてだよ……っ、なんで!?　俺が、お前にとって一番知られたくないことを知ったからか!?　だから喋《しゃべ》れないようにして殺すのか!?

誰にも、絶対にいわない。指切りをして約束した。

いやいやいやいいなりになってるわけじゃないことだって、もうわかっているだろうに──何故信用してくれないのか、どうして殺すという選択しかできないのか──。

約二ヵ月の間に、少し進んでは大きく戻され、また少し進んで、最終的には進む方がずっと多くなって……そんな調子で理解し合っている気がしていただけに、潤は気勢をそがれて呻くことすらできなくなる。

ただただショックで、そして迫りくる死の恐怖に色を失った。

可畏のことを信じたい反面、これまでの脅しや暴力とは質の異なるものを感じる。

飽きられたとは思えない、嫌われたとも思えない。

その証拠に、昨夜は抱かれながらずっと、これまで以上の愛情を読心できた。

同時に底なしの絶望感や切なさもあったけれど、確かに愛を感じたのに──。

「可畏様から、貴方を殺すよう命じられました」

可畏が戻ってくることはなく、代わりに現れたのはヴェロキラの四人だった。

制服姿でぞろぞろと寝室に入ってきて、爬虫類《はちゅうるい》のような無表情で見下ろしてくる。

ここ最近は豊かな表情を向けられていただけに、徒事《ただごと》ではないのだと思い知らされた。

「う、ぅ――っ‼」

巨大化した小型肉食恐竜ヴェロキラプトルの影を背負い、可畏に付き従う彼らにも高校生の顔はあった。生徒会サロンの学習室で授業を受けたり、他愛のない雑談をしたり対戦ゲームをしたり。帰省から戻った際に土産を渡したら、礼だけではなく感想までいわれた。

――人間的なやり取りをしてきたのに……それでも、殺せるのか？　肉食恐竜が草食動物を躊躇いなく食べるみたいに……俺を殺せる？　それが生物的な本能。俺にはわからない感覚。映画の中みたいな甘い奇跡は、現実には起こらないのか？

潤はボールギャグを嵌められたままシーツに半面を埋め、黙って四人の顔を見上げた。

身長も体格も雰囲気も似ているが、それでも誰と何を話したのか憶えている。特技や好みも把握し、可畏のことを想う連帯感や、友情に近いものがあると思っていた。

――俺が、甘かったのかな。普通の人間関係みたいなものができて、今よりもっと和やかにいくようになるとか、思ってた気がする。実際、ここ最近はそうだったし……。

自分のことをよく思っていないはずのユキナリ始め生餌達も、今は嫌がらせをしてこない。

人間は毎日顔を合わせる相手といつまでも仲違いしてはいられず、一線を引きながらもそれなりの関係を築いていく。

ヴェロキラも生餌も、人の姿をしているのには意味があって、心ある人間の一種なのだ——そう感じていた矢先だったのに、眼前に大きなビニール袋とハンマーを突きつけられた。

「う、うぅ……っ！」

「一瞬で殺せと命じられました」

「絶対に犯すな——ともいわれました」

「貴方ほど可畏様を愛し、愛された人は、他にいません」

怖気を震う潤は、佐木《さき》の手で透明のビニール袋を頭に被せられる。

足側にいた林田《はやしだ》と谷口《たにぐち》には、人並み外れた力で体を押さえつけられた。

残る辻《つじ》はハンマーを振り上げている。金属製の、とても重そうな物だった。

——これが人生の最期なのか？　可畏、俺は誰にも何もいわないのに……お前が困るような情報は絶対に漏らさないのに……俺を殺して口封じをして、それで満足なのか？

首の辺りで袋の口を締められると、一瞬にしてビニールの表面が曇る。

息が苦しくなる中、潤は自分がどうやって殺されるのかを悟った。血が飛び散らないようにしているのだと認識すると同時に、限界まで目を剥いてビニールの向こう側を凝視する。

「こんな結果になって、とても残念です」

拳ほどもあるハンマーが、祈る暇もない速さで振り下ろされた。

《十二》

同日午後六時——学院にいられない気分だった可畏は、あえて最も嫌いな場所に足を向け、そこで約半日を過ごした。多摩《たま》の緑地に建つ竜泉学院からそう遠くはない、竜嵜家の屋敷だ。

七人の兄のうち、年の近い二人の兄は学生のため普段から同じ敷地内にいるが、上の五人は竜泉学院大学を卒業し、名目上は竜嵜グループの役員として実家で暮らしている。

元々怠惰なところがある兄達だったが、末弟が後継者に決まったことで目標を失い、揃って肩書きばかりの存在になり下がった。

至れり尽くせりの実家で贅沢に暮らし、着飾ることと肉を食すこと、そしてベジタリアンの美男美女を犯すことにしか興味がなく、可畏が餌《えさ》を与えれば与えるほど堕落していく。

ある意味では扱いやすい愚兄だった。

「それにしても酷い話だ。あんな美人をヴェロキラ共に殺《や》らせるなんて」

「まったくだ。誰がどこを食うかもだいたい決まってたのに」

「犯《や》る順番もな」

三フロア吹き抜けの食堂で、可畏は下座から声をかけてくる兄達を一瞥《いちべつ》する。

燭台《しょくだい》や薔薇《ばら》の花が均等に配されたテーブルは長く、今は可畏を含めて七人が着いていた。

座席は厳格に決められている。

上座から、雌のティラノサウルス・レックスである母親。次が可畏で、そのあとは長男から五男までの順番だ。学院にいる六男と七男は、この夕食会に参加していない。

椅子は誰も対面しないようジグザグに配置されており、可畏の右手前には母親の竜嵜帝訶、左手前には長兄の阿傍《あぼう》、だいぶ離れた隣の席に次兄の毘藍《びらん》という並びになっていた。

「今回の男の子には随分ご執心だって聞いて、心配してたのよ。貴方はお利口さんだから恋に夢中になったりはしないでしょうけど……あまり度が過ぎるようなら攫って食べてしまうしかないもの」

「母上の仰《おっしゃ》る通りだ。目安は二ヵ月ってとこだな」

「確かにそれ以上は危険だな。情が移るってことが、ないわけじゃないから」

「特に綺麗な子だものねぇ……昨夜も市井の映画館で、普通の高校生みたいなデートをしてたそうじゃない？　ほんとのことというと、今週中には攫って食べちゃうつもりだったのよ」

巨大なローストビーフを切り分ける給仕の横で、母親の帝訶がフフッと笑う。

向けられた言葉は、可畏が思っていた通りのものだった。

ヴェロキラに殺せと命じるまでもなく、潤の命は近々尽きる運命だったのだ。

誘拐されてクルーザーに乗せられ、船内で輪姦《まわ》されながら竜ケ島《りゅうがしま》に連れていかれる。竜嵜グループが所有する竜人のための無人島で、恐竜化した彼らに追い回されて——狩りのゲームの勝者に殺されるのだ。そして骨まで全部、丸ごと食われて跡形もなく消える。

「今頃はヴェロキラ共の腹の中だ」

「それはもう聞いたわ。ベジタリアンの美少年を食べ損なったのは残念……というより約束を反故《ほご》にされて腹立たしいけど、貴方が貴方らしくいてくれるなら今回はよしとしましょう」

「約束なんかした覚えはない」

「慣習になれば約束と同じよ」

好き勝手なことばかりいう母親に、可畏はいつものことながらうんざりする。

年の離れた長兄と次兄も虫唾《むしず》が走るほど嫌いだったが、この世で最も疎ましいのは母親だ。

竜嵜グループの現トップは名目上こそ可畏の祖母で、後継者は可畏に決まっているものの、事実上のトップは母親の帝詞だった。

竜人社会では雌が滅多に生まれないため希少であり、さらには恐竜化すると頗る大きく強いティラノサウルス・レックスになる帝詞は、雄の可畏よりも遥かに貴重な存在といえる。人としては竜嵜グループ会長の娘で、子は多くとも夫は持たない主義だった。屋敷の中をベルサイユ宮殿に似せてみたり、傍から見たら頭がおかしいと思われるほど時代錯誤なドレス姿で過ごしたり、美男を侍らせてベッドの相手をさせては息子達に犯させて殺して食う、享楽的で残酷な鬼女だ。

「可畏……生餌程度の遊びはいいけど、本気は駄目よ。貴方は私の物なんだから」

「俺は誰の物でもない」

「あらあら、まだ反抗期が終わらないの？　いつまでもネンネじゃ困るわねぇ」

「俺が本気で反抗したら、アンタはとっくに死んでる。八つ裂きにしてやりたいのをどれだけ我慢してやってると思ってんだ？」

「可畏っ、母上に向かってなんていい草だ！　謝れ！」

「ちょっと強いからって調子に乗るんじゃないぞ！　母上に勝てるとでも思ってるのか!?」

「いいのよべつに。生意気な夢を語りたい年頃なんでしょうし、放っておきなさい。それに口ではなんていってても、この子はちゃーんとわかってるのよ。いくら嫌がったところで、強い子供を産める女は私しかいないってことをね」

おぞましいことを平然と口にする母親を前に、可畏の胃はびりびりと痙攣する。

元より食事が喉を通りそうになかったが、食前酒代わりに出された血液にすら手をつけられなかった。

「私達の間には、きっと最強のT・レックスが生まれるわ。その確実性に懸けて無駄に子供を作らずにきたんだもの、貴方が高校を卒業したら立て続けに十人くらい作りたいところね」

羽根つきの扇を開いてさらに笑う帝訶を前に、可畏の体は怖気立つ。

幼い頃から、将来は母親との間に子供を作れといわれ続けてきたため、それがおかしいことだと思っていなかった時期も確かにあった。しかし今は違う。竜人の間ではよくあることだといわれても嫌悪感を拭《ぬぐ》えず、決して受け入れられない。

「二ヵ月ばかり見ない間に、またイイ男になったみたい。ムラムラくる男っぷりよね。貴方のパパも素敵だったけど、ここまでセクシーじゃなかったわ」

静まり返った空間に、ウフフフッ……と、不気味な笑い声が響く。

他には肉を切る音しか聞こえなかった。

今の可畏には、どちらも気持ちの悪い不快な音だ。

まるで内臓の底面を下から叩かれているかのように、喉まで吐き気が込み上げる。

肉料理を前にした時の潤は、こんな感じだったのだろうか――ふとそんなことを思った。

ヴェロキラに殺せと命じて出てきたものの、潤が死んだという実感は微塵《みじん》もない。

このまま学院に戻ったら、秋色に染まった部屋で濡れ髪を拭きながら、「おかえり」と笑いかけてきそうだ。

ふんわりと空気に馴染む柔らかな存在感、怯えることなく、媚《こ》びることもなく近づいてくるしなやかな体――口づけると溶けてしまいそうな唇と、美味な唾液に濡れそぼつ舌。

抱くと少し恥じらって、痛がって、そのくせ最後は前後不覚になるほど乱れる。

甘い吐息を零しながら「もっと……」と求めて、両手を首に回して縋りつく。

殺せと命じたあとに撤回などできないよう、可畏は携帯を寮に置いて実家に戻ってきた。もし心が揺れてしまっても、すでに手遅れでなければいけない――そう思ったからだ。

夕食後に寮に戻ったら、潤はもういないだろう。

ヴェロキラは満ちたりた顔をして、「始末しました」と報告してくるはずだ。

その時になってようやく、実感するのだろうか……潤に二度と会えない、二度と触れないという事実を、身を以て感じて嘆くのか、それとも諦《あきら》めがつくのか――。

「……ッ!?」

食事に手をつけずにいると、テーブルの下で突然膝を撫でられる。

驚いて顔を上げた可畏は、右斜め前にいる母親と目を見合わせた。

血の滴るローストビーフをフォークで突き刺しながら笑う顔は、鬼女そのものだ。潤とは正反対の毒々しいオーラを放ち、ハイヒールを脱いだ爪先で膝頭を艶《なま》めかしく撫でてくる。

「私の可愛い坊や。高校を卒業する前に胤《たね》を仕込んでもいいのよ。男相手に無駄玉を打ってるなんて、貴重な胤が勿体《もったい》ないわ」

次の瞬間、可畏は椅子がひっくり返りそうな勢いで立ち上がる。

――売女《ばいた》が……っ!!

兄達が止めるのも聞かずに扉に向かい、無駄に煌《きら》びやかな廊下に出た。

控室にいるはずの運転手を大声で呼んで、走るに近い速度で足を動かす。

夏休みに一日だけ帰ってきた時よりも、遥かに奇怪だと感じられるこの屋敷を飛びだして、すぐにでも潤のいる学院に戻りたかった。早く、早く潤の顔が見たい。

「山内《やまうち》っ！　どこだ!?　車を出せ!!」

玄関に向かう途中で叫んだ可畏は、自分の頭が現実を捉えていないことに気づく。

半日前、ヴェロキラに「殺せ」と命じて出てきたのだ。それも、「苦しませないよう一瞬で殺せ。犯すことも、亡骸《なきがら》を見せることも絶対に許さない」と、そういったのを憶えている。

「──殺せ……？　潤を？」

間違いなく自分の口から出た言葉──忠実に執行される命令だ。

それなのに、潤の死に顔も、潤のいない部屋も想像できない。

帰ったら当たり前に「おかえり」と笑って、それから何をいうだろう。

悪戯《いたずら》っぽく、「土産は？」と強請《ねだ》るだろうか。それとも心配そうに眉を寄せ、「実家、大丈夫だったか？」とでもいうだろうか。

──何もいえるわけがない……あれから半日……俺は自分の下した命令を撤回しなかった。

携帯がなくてもヴェロキラに連絡を取ることはできたのに……何もしなかった。俺はここで、何時間も何をしてたんだ？

廊下を振り返ると、シャンデリアの光が四方八方に拡散し、床がぐにゃりと波打って見えた。大きな窓に嵌め込まれた硝子《ガラス》も、歪《いびつ》な形に曲がっている。

魚眼レンズで見ているかのように、すべてが歪んでいた。
――新聞を読んで、誘われるままチェスをして……あとは、何をした？
潤のことを考えないようにするために、どうやって半日もの時間を潰《つぶ》したのか……辿《たど》っても
ほとんど思いだせなかった。
廊下の途中で立ち尽くしていた可畏は、壁に拳を叩《たた》きつけてから寄りかかる。
そうしなければ立っていることもできない状態で、具体的に考えるのを避けてきた潤の死に
打ちのめされた。
――俺は……いったい何をやってるんだ？　潤を殺してどうする？　俺が守ってやらなくて、
誰がアイツを守るんだ？
口止めするのが目的だったわけではない。
それは二の次で、潤がいると自分らしさを保てないと思ったから殺すことを決めたのだ。
そんな自分に、「自己を保って何を成し遂げたいのか？」と問えば、「曽祖父の時代では実現
できなかった竜王国をアジアに築き、その頂点に立ちたい」と返ってくる。
学院でのあり方と同じように、誰にも何もいわせないほど己の地位を絶対的なものにすれば、
もう何も恐れる必要はないからだ。
自他共に認めるトップに立ちたかった。一人では不可能でも、兵を持てばあの異常な母親を
引っ捕らえ、一生人目に触れない場所に幽閉することだってできる。

闇を恐れることもなく、安息と自由を手にできるのだ。

——安息と、自由……。

まずは誰よりも強くなる必要があり、そのためには潤を殺すしかないと思った。

今朝、ヴェロキラに命じたのは間違いなく自分で、すでに半日経っている。

大き過ぎるティラノサウルスとは違い、場所を弁《わきま》えれば簡単に恐竜化できるサイズのヴェロキラが、潤を胃の中に収めていたとしても不思議はない。むしろそう考えるのが順当だった。

——本当に、もう……死んでるのか？

自分の行動のすべてが不可解で、眩暈すら覚える。

何故今こんな所にいるのか、何故あんな命令を下してしまったのか、いくら理由づけをしたところで納得できなかった。

そもそも潤を殺すことで保ちたかったものに、どれほどの価値があるだろう。

理想の自分になって思い通りの世界を手に入れたとしても、そこにはなんの輝きもない。

「可畏様っ、お待たせして申し訳ございません！」

車の支度を終えた山内が駆け寄ってきても、可畏は壁から身を離すことができなかった。

体中が冷や汗でぐっしょりと濡れていて、指先が石のように固まっている。

自力で立ってもいられないこの状態が己の選択の結果なら、今朝下した命令は間違い以外の何物でもなかったということだ。安息や自由とかけ離れた、あまりにも愚かな選択だった。

「可畏様、お顔の色が……っ、どうかなさったのですか!?」

「寮に戻る……っ、車を出せ！」

可畏は壁を押して反動をつけると、歪んだ視界の中を進む。

生まれて初めて、神というものを意識した。

生きとし生けるものすべてを司る神が本当に存在するなら、一つの大切な命を葬ろうとしたことを心の底から謝りたい。そしてどうか、潤の命を繋いでほしい――。


天井を高めに、そして窓を多めに作らせた特注のリムジンで学院に戻った可畏は、運転手の山内がドアを開けるのを待たずに飛びだし、そのまま走って第一寮に向かった。

階段を駆け上がって三階に行くと、自室の真下にある部屋からヴェロキラの一人が出てくる。ほぼ同時に隣の部屋の扉も開き、そこからもう一人現れた。

「可畏様！　申し訳ありません、お出迎えが間に合わずっ」

そんなことはどうでもよかった可畏は、ブレザーの裾を翻《ひるがえ》して二人に飛びかかる。

左右それぞれの手で二人の胸倉を掴み、「潤はどこだ!?」と声を荒らげた。

自分の言動が理不尽なのはわかっていたが、ヴェロキラの顔を見た途端、希望に心が満ちるような直感が働いていた。根拠はないが、人間を食らったばかりには見えなかったのだ。

「ご命令通り……苦しませないように、一撃だけ……ハンマーで頭を殴って、それで、御目につかない場所に捨てました」

「──っ、どこだ!? どこに捨てた!?」

ヴェロキラの一人──辻という苗字を持つ男が如何に慎重に答えているかを察した可畏は、自分の直感が当たっていたことを確信する。

やはり潤は食われていなかった。そしておそらく生きている。

殺せと命じられたのだから、ヴェロキラは潤を殺さなくてはならなかった。

しかし彼らも馬鹿ではない。ヴェロキラプトルは、元より頭の切れる恐竜だ。

本当に殺したらあとあと大変なことになると、主の心情を読んでいたのだろう。

もしくは、殺すことも食らうこともできないくらい、潤に対して情を持ったということだ。

名前や好みを把握され、恐竜化してまで見分けをつけられるほど慕われたら、そういう情を持ってもおかしくはない。それは自分も同じことで、ヴェロキラの選択など予《かね》てよりわかっていた気がする──。

──すでに食ったといわれたら……俺は今ここで……コイツらの腹を裂いてた。間違いなくそうしてた。

可畏は二人の顔を見ながら、震える両手に力を籠める。

食われていたらと想像するだけで、勢い余って締め殺してしまいそうだった。

――コイツらは俺の気が変わった場合に備えて、潤の頭を一度だけ殴った。T・レックスの血を与えられた潤が、そう簡単には死なないことを知っていて。

もしも主の気が変わらなかった場合に、「殺したつもりでした」と言い訳できるよう、潤をある程度痛めつけたうえで生かしておいたらしい彼らは、恐怖に目をひん剝いていた。

喉の奥で気管をヒュウヒュウと鳴らし、呻吟《しんぎん》する。

「潤様は、今……北の森の、奥の……っ、涸《か》れ井戸に！」

苦しげに絞りだされた辻の言葉を聞き、可畏は二人の胸倉から手を引いた。

突き飛ばすに近い動作ではあったが、腹を裂くことはもちろん殴ることもせずに踵を返す。

「可畏様！」

案内を兼ねて追ってきそうな二人と、続いて部屋から飛びだしてきた残りの二人に向かって、可畏は「来るな！」と命じた。

潤との時間を、誰にも邪魔されたくなかったからだ。

本当に生きているかどうか、それはまだわからない。

今は先を急ぎながら、縋れる何かに祈るしかなかった。

可畏は転がるような勢いで階段を駆け下り、第一寮を出て北の森に向かう。

自分が現在持っているもの、そしてこれから得るはずだったもの、それらすべてと潤一人を交換しても惜しくはない。だからどうか、愚かな選択をした俺を許してくれ。全部手放すから、潤だけは助けてくれ――神にそう祈った。

――潤……っ！

可畏は星空の下を走りながら、北の森の井戸を探す。

広大な敷地の北側にある森は、人工的に作られた煉瓦《れんが》の小道を除いて侵入禁止になっていた。

越えようと思えば子供でも越えられる高さの柵《さく》しかないが、その先は鬱蒼《うっそう》としていて暗い。

柵を飛び越え、木々の間を抜けて奥まで行くと、学院と外を隔てる壁があった。

壁の向こうは多摩の緑地で、塀の真上で内外の木々の葉が重なり合っている。

――井戸……っ、あれか!?

がむしゃらに走り続けた可畏は、井戸らしき物をようやく見つけた。

最初は暗がりに置かれた岩のように見えたが、目を凝らすと石造りの井戸だとわかる。

「潤！」

まだ遠くにある井戸を見るなり声を上げるものの、急に足が止まってしまった。

頭の中に突如浮かんでくる光景があり、握りしめた拳がじっとりと湿る。

初めて出会った時に潤が負っていた怪我と、流した血――その際の驚異的な回復力を思えば、頭を一撃されたくらいで死ぬわけがない。涸れ井戸に落とされてさらなるダメージを受けたとしても、死に至るとは思えなかった。けれども絶対ということはなく、打ち所が悪くて死んでしまっていたら……そう思うと恐ろしくて近づけない。

それに、生きていても激しい憎しみを抱いていたら？

――俺はアイツに、謝らないと……。

これまで誰にも謝ったことなどなかった。人の法では決して許されない、あまりにも残酷な仕打ちをしながらも、悪いと思わずに生きてきた。

今日、潤にしてしまったことを心から悔やんで謝ったら、潤は許してくれるだろうか。

頭を下げても許してもらえなかったら、自分はどうしたらいいのか。

逆に、これまでとは違って本気で怖がられ、怯える姿しか見られなくなる可能性もある。

恐怖のあまり、潤が潤でなくなっていたら――。

「……ッ」

可畏は芝の上で立ち尽くし、鋭い爪で胸を掻き毟られるような痛みを覚える。

潤が死んでいる状態も、生きている潤の反応も、どちらも酷く怖いのだ。

足が竦みそうなほど怖くて怖くて、駆け寄りたいのに進めない。

――アイツが俺を怖がるのではなく、俺がアイツを、心底怖がってる。

恐怖に抗《あらが》いながら一歩進んだ可畏は、歩みよりも遥かに速く鳴り響く心音を聞く。

結果を知るのは恐ろしいが、しかし気持ちは焦っていた。

体の動きが徐々に早くなり、鼓動と歩みの差が縮んでいく。

井戸の上に置かれている鉄の蓋が、小さな棘《とげ》のような錆《さび》で覆われているのが見えた。

あと少し、あと少しで潤に会える。

可畏は井戸の蓋に触れ、錆の棘を避けながら外側にずらした。

相当な重さがあったが、難なく動かすことができる。石と鉄がこすれ合う音が夜闇に響き、芝の上に落ちた蓋が銅鑼《どら》を打ち鳴らすような音を立てた。

「……潤……っ」

可畏は井戸の縁に手をつくと、見えない底に向かって「潤」と声をかける。

大声を出すつもりが上手くいかず、自分のものとは思えないくらい力ない声になった。

「──可畏……っ！」と、幻聴ではなく確かに、井戸の底から声が聞こえる。

その瞬間、可畏は全身の筋肉が弛緩《しかん》するような安堵を覚えた。

人心地がついた瞬間、ここまで来る間に抱いた心配の多くは消え去る。

憎まれても罵《ののし》られても構わない。怯えられてもいい。心の底からそう思ったのだ。

そんなものは自分次第で、今後どうにかできる余地のある問題だ。

──生きていた……。

今はただそれだけでいい。潤の生存が確認できたことが嬉しくてたまらない。

人の命を、こんなに大切に思ったことはなかった。

死んでくれと願うことはあっても、生きてくれと願ったことなど一度もなくて──初めての願いが叶ったことに、どれだけ感謝すればいいのかわからなくなる。

竜人としての視力に頼ると、井戸の底が見えてきた。潤は確かに生きていて、動いている。心底から湧き上がる感情の熱量は凄《すさ》まじく、瞼《まぶた》がたちまち熱くなった。

「今から行く」

可畏は円形の底を見ながら、飛び下りるつもりで告げた。

井戸は小さく、潤が端に寄らないと着地時に衝突しそうに見える。

「駄目だ！　ここ暗いし、狭いから！　来ちゃ駄目だ！」

井戸から反響する潤の声を聞きながら、可畏は自分が井戸の底に下りた場合の状況を初めて考える。確かに暗くて狭くて、もしも上から蓋を締められたら、と考えるだけで足が竦《すく》みそうだった。可畏のトラウマは地中にこそあり、エレベーターの中に閉じ込められるよりもずっと、井戸の底の方が恐ろしい。

「可畏……来てくれたなら、いいから！　後悔してるなら、それでいいから！」

躊躇《ちゅうちょ》する可畏の耳に、想像もしていなかった言葉が届く。

十メートル以上の深さがある井戸の底に、こちらを見上げている潤の顔が見えた。色などない特殊な見え方だが、髪や顔に大量の血が付着しているのがわかる。

「無理しないでくれ！　石と石の隙間が小さくて指が入らないと思うし、よじ登るのは無理だ。だから、ロープか何か用意してくれればいいから」

「潤……」

「もうこれ以上は待てないって思ってた。暗くて、寒くて……気が変になるって思ったけど、今、凄い安心したから大丈夫。待ってるから、ロープと、あと……着替え、持ってきてくれ」

潤はそういうと、井戸の底で俯《うつむ》いた。声が震えていて、半分涙声になっている。

着替えの要求が意味するものがわからなかった可畏は、ガウン姿の潤の両手が背中に回っていることに気づいた。ボールギャグは外されていたが、手錠はそのままだったのだ。

「──っ、手……使えなくて……も、漏らした……から」

可畏が潤の状況を理解すると同時に、らしくなく啜《すす》り泣きながらいわれる。

いったい何と返せばいいのかわからなかった可畏は、反射的に「問題ない」と答えていた。

謝りたくても謝罪の言葉が形にならず、宥《なだ》めたくても気の利いた台詞《せりふ》がいえない。

「上手く、できなくて……ガウン、濡れちゃって……十八にもなって、最悪だ」

「問題ない。気にするな」

「気にするよ！」

地の底から怒鳴られた可畏は、ガウンの肩で涙を拭う潤の姿に胸を塞がれた。

頭の中では、「俺が悪かった」といっているのに、どうしても言葉にできない。

「待ってろ、すぐに用意する」

これまで通り、主と愛妾という関係から抜けだせなかった可畏は、自分の口に苛立《いらだ》ちを覚えながらいった。せめて行動で示したくて、潤の希望通りに動こうとする。

まずは大急ぎで寮に戻り、着替えとロープを持ってくるつもりだった。

「可畏様！」

踵を返して数歩離れた途端、甲高い生餌の声に耳を打たれる。

森に目を向けると、二号から五号までの四人が並んで立っていた。

二号は制服を、三号は靴を、四号と五号は二人で折り畳み式の避難梯子《ばしご》を持っている。

「ヴェロキラに頼まれて、持ってきました」

可畏に来るなと命じられたヴェロキラは、待機を命じられていない生餌に使いを頼んだようだった。以前は潤によい感情を持っていないのが明らかだった生餌も、いつしか険の取れた顔つきになり、潤への当たりが柔らかくなっている。今も不満そうには見えなかった。

「足下に置いて寮に戻れ」

可畏は生餌に手伝わせることはなく、彼らも「はい、お気をつけて」としかいわない。

羞恥に震える潤のために彼らを下がらせた可畏は、その後ろ姿を見てから避難梯子と制服を引っ掴んだ。すぐに井戸まで持っていって、ワの字の形をした金属フックを取りつける。

「梯子を下ろす。下がってろ」

井戸を覗き込みながらいった可畏は、潤のいる底に向けて折り畳まれた梯子を下ろした。

底までは届かない中途半端な長さだったが、腕力があれば使える程度の長さはある。

「端に寄れ」

潤が手錠を嵌められているか否かに関係なく下まで下りるつもりだった可畏は、井戸の縁をひらりと越える。

制止する潤の声が聞こえたが、梯子を使わずにそのまま井戸の底まで飛び下りた。

動体視力がよい可畏には、井戸の内壁の変化がスローモーションのように見て取れる。

かつて溜まっていた水の名残で、積み上げられた石は底に行けば行くほど黒ずんでいた。

一瞬で奈落《ならく》に落ちていく感覚は、底の見えない闇に呑まれるようで恐ろしい。

実際には無事に着地して足がついたが、恐怖は拭えなかった。

目の前が一瞬真っ白になり、フラッシュバックが起きる。

筒状の井戸が急激に細くなって、壁面が迫ってきた。

「こんなとこまで下りてきて大丈夫なのか!?」

小さな箱に無理やり詰め込まれる錯覚に陥った可畏は、同時に潤の声を聞く。

高い場所から飛び下りれば自然と膝を曲げて屈《かが》むことになり、潤の声は頭上から届いた。

可畏は梯子の真下に立っている潤の顔を見上げて、「大丈夫か?」ともう一度問われる。

心配そうな表情を見ているうちに、一度は襲ってきた幻影が消えた。

寝入りばなに夢を見ていたところを、ほんの一瞬で起こされるような感覚だった。

始まる予定だった悪夢は霧散し、過去のイメージを繰り返さずに現実を見ることができる。

自分と壁面までの距離、そして井戸の深さ、広い場所に戻るための梯子、円く切り取られた空の存在――暗いのは事実でも、ここは息ができないほど狭い場所ではない。恐れる必要は何もないのだと、確かに感じられた。

「潤……」

真っ直ぐに立ち上がった可畏は、乾いた血で汚れた潤の顔を見下ろす。

暗くて色はほとんど見えなかったが、飴色《あめいろ》の明るい髪の一部がどす黒く染まり、耳や頬にも乾いた血がついていた。

「こういうとこ、苦手なんだろ？　下りてきて平気なのか？」

「人の心配してる場合か」

込み上げる感情に、心が揺さぶられる。赤く染まった部分に触れずにはいられなかった。

顔も体も冷え切っていたが、それでも確かに生きた人間の温もりがある。

寒さで鳥肌を立てている肌は普段のように滑らかではなく、撫でると乾いた血がポロポロと剝がれ落ちる有様だ。そんな中で、生命力に満ちた瞳が真っ直ぐに向かってきた。

「可畏が、平気なら……泣いても、いいのかな」

途中から涙声になった潤は、俯くなり頭から倒れ込んでくる。

肩に額が当たると、両手で抱きしめたくてたまらなくなった。

言葉で謝ることはできないのに、体は考えるより先に動いてくれる。気づいた時にはもう、潤の体を胸に抱き寄せていた。

「怖かった……昼も、真っ暗で……っ」

額やこめかみが首に触れ、迸《ほとばし》る涙の温度を肌で感じる。

最初は抑え気味に泣いていた潤は、次第に感情を剝きだしにし、洟《はな》を啜りながら本気で泣きじゃくった。

うなじと肩甲骨に触れていた手から、潤が味わった恐怖が伝わってくる。芯まで冷えた体はいくら抱いていても震えていて、口からは聞き取りにくい愁訴が次々と飛びだした。

「気づいたら、真っ暗で……骨、あちこち折れてて……っ、怖くて……！」

「ああ……」

終わりの見えない孤独な闇がどれほど恐ろしいものか、身を以て知っているのに何もいえず、可畏は潤の頭や背中を押さえながら撫でることしかできない。

自分がこんな目に遭わせたのだと思うと、心臓を鷲摑みにされているようだった。

どうやって謝ればいいのか、そして自分の気持ちをどう伝えればいいのかわからないまま、可畏は自重に任せて身を沈める。潤の腰や腿に触れながら、泥塗れの井戸の底に膝をついた。

後ろ手に手錠を嵌められている潤は、グスッと泣きながらも驚いた様子を見せ、涙で溶けた血をガウンの肩で拭う。

「……可畏？」

「酷い目に遭わせて、悪かった」

喉の奥で滞っていたものを、ようやく言葉にすることができた。

これまで一度だって人に謝ったことはなく、膝をついたこともない。

王になる宿命の下に生まれた自分には、善悪など無関係だと考えていた。

理不尽な行いも非道も許される、特別な存在として生きてきたのだ。

それなのに今、か弱い一人の人間の許しを求めて謝罪している。

しかもそれを屈辱だとは感じずに、むしろ、いえてよかったと心から思っていた。

「もう、いいから……反省してるなら、もういいから、立ってくれ」

「──潤」

自分を揺るがす存在は怖くて、とても愛しい。

何者にも束縛されず、何も恐れずに生きていくよりも、潤の存在に縛られて、潤を失うことだけを恐れながら生きていきたい。一緒にいる未来を想像すると、生きる悦びを感じられた。

──お前と生きていきたい。お前を守れる力がほしい。

出会えた運命に、紡いできた日々に、そして願いを叶えてくれた神にも、聡《さと》いヴェロキラや、潤の生命力そのものにも……さらには潤を産み育ててくれた潤の両親にも──ありとあらゆる事象に対して、感謝の気持ちが芽生えた。体中に、愛と悦びが目いっぱい行き渡る。

「潤……」

「う、ぁ……な、何!?　おい、何やって……っ」

潤が味わった恐怖と羞恥を思いながら、可畏は潤の内腿に顔を寄せた。

オーガニックコットンのガウンを少し広げて、しっとりと濡れた肌に舌を這わせる。

「や、やめ……駄目だ……っ、いっただろ、さっき俺……！」

ガチャガチャと手錠の音を立てて暴れた潤は、後ろに下がって壁に身を寄せた。

逃げ場を失って焦ったのか、膝を震わせながら「可畏……っ」と声を振り絞る。

草食動物の体液は可畏にとっては美味な物だが、他の誰にもこんなことはしてこなかった。

血液、唾液、涙、精液、それくらいしか口にしないのは、竜人も人の一種ではあるからだ。

「そんなの……っ、舐めんな……汚いだろ……っ」

「お前のならいい」

可畏は潤のガウンを腰まで上げて押さえながら、内腿の湿り気を舐め取っていく。

強張った冷たい肌が、一舐めごとに熱くなっていくようだった。

羞恥を分かち、そして自身が胸に抱く特別な感情を伝えるための行為を続けていくうちに、それは気のせいではなくなる。

「こんなとこまで濡らして……女じゃあるまいし」

「っ、し、仕方ないだろ！　暗かったし、寒くて縮み上がってたし、全部お前のせいだっ！」

「ああ、そうだな。俺が悪い」

「んあっ！　や……も……もう、やめろ、って……」

嫌がる潤の声には甘さが混じり、露《あら》わになっている性器は少しずつ勃ち上がった。ひくっと震える先端から、慣れ親しんだ粘性の滴が湧いてくる。

「可畏……あぁ、っ！」

潤の内腿から膝まで舐めた可畏は、朝露のように玉を結んだ滴に唇を寄せた。舌ではなく唇で受け止めて、塗りつけるようにしてから性器を食む。

「……う……っ、あぁ……」

またガチャガチャと手錠の音が立ち、潤の膝が震えだした。

先程までの震えとは違って、そこにはあからさまな快楽が見て取れる。おそらく無意識なのだろうが、閉じるのではなく外側にじりじりと開きだした膝は、可畏の侵攻を許していた。見上げれば、そこには淫靡《いんび》に濡れた瞳がある。より濃厚な接触を求めているのは明らかで、半開きの唇からは、今にも甘い言葉が漏れてきそうだ。

いつものように「もっと……」と求められたくて、可畏は潤の性器を執拗《しつよう》に愛撫する。美味な精液を搾《しぼ》り取るための口淫ではなく、潤の体が疼《うず》くように、あえて焦らしながら舌を蠢《うごめ》かした。

「ふ……っ、あ、ぁ」

可畏が片足を上げるよう促すと、潤は身をよじらせながらそれに従う。

井戸の曲面に背中を預けた状態で、浮かせた足を可畏の肩にかけた。

「い、あ、あぁ！」

「――ッ……」

潤の屹立《きつりつ》を舐《ねぶ》り続けた可畏は、熱い迸りを一滴残らず受け止める。

ドクドクと勢いよく喉を打たれると、同じことをされる以上の悦びがあった。

自分の行為に潤が感じて、絶頂を迎えたことが嬉しい。

間違いなく生きていることが、ただただ嬉しい。

「――可畏……可畏……っ」

抱きつくことができない潤は、甘い吐息を零しながら名前を繰り返す。

可畏が立ち上がると、いつになくかさついた唇を首筋に寄せてきた。

「可畏……こんな場所で……平気、なのか？」

「ああ、平気だ」

この期に及んで人の心配をする余裕があるとは思わず、可畏はいささか驚きながら答える。

潤に問われるまで、ここが暗く狭い地中だということを忘れていたが、思いだしたところでフラッシュバックは起こらなかった。

しばしの間、誰にも邪魔されずに潤と一緒にいられる場所……思う存分潤の温もりや呼吸を感じて、潤を抱きしめられる場所――ここは今、それ以上でも以下でもないのだ。

「可畏……」

潤の体は冷え切っていたが、首にかかる息は熱い。

両手を背中に伸ばして密着すると、潤の鼓動や筋肉の躍動、血潮の昂りまで感じられた。

「潤、お前だけは殺さない。誰にも殺させない。片時も俺のそばを離れるな」

「──可畏……っ」

切なげに声を振り絞った潤が、自分からキスをしてくる。

大きめに口を開いて顔を斜めに向け、ハフッと思い切り食いついてきた。

「ん、んぅ……ぅ」

「──ッ、ハ……」

唇を潰し合い、舌を吸い合い、離れては見つめ合って──またキスをする。

言外に互いの好意を確かめながら、掛け値なしの情を行き交わせた。

──潤……!

至上の悦びの中で、可畏は自分が取るべき行動を明確に意識する。

ここに来るまでは潤が生きているかどうかで頭がいっぱいだったが、早急に腹を括《くく》り、動きださなければならなかった。

少しでも油断すれば、潤を攫われ、犯され、弄《もてあそ》ばれて食われてしまう。

それがわかっている以上、取るべき行動は一つしかなかった。

《十三》

夜のうちに最小限の支度をして学院を出た二人は、横浜《よこはま》ベイサイドマリーナに停留していたクルーザーに乗って南に向かい、夜が明けてもなお太平洋の上にいた。

潤《じゅん》は朝起きてジャージに着替えると、クルーザーの中を独りで見て回る。

乗り込んだのが夜だったうえに、昨夜は疲れていて何も見られなかったが、一階の操縦席を覗《のぞ》いて操縦士に挨拶《あいさつ》したり、デッキに上がって両手を広げて風に当たったりしてみた。

水平線しか見えない大海原と、井戸の底で強く求めた太陽の光を十分堪能してから、二階のキッチンに立って朝食を作り始める。

シェフを手配する時間がなかったと聞いていたが、棚の中には缶詰や菓子、冷蔵庫の中には生鮮食品が多数用意されていた。

ほとんどは可畏のための物なので、ぞっとするほど肉類が多い。

何度も肉を見たくなかった潤は、今必要な物を全部纏《まと》めて冷蔵庫から取りだした。

それらを常温の品と一緒に、大理石の調理台の上に並べる。

大好物のアボカドとジェノバペースト、全粒粉のパン、カボチャ、タマネギ、パセリ、ミニトマト、生クリーム、動物性レンネット不使用のチーズ、乾燥ハーブと調味料。食材と同時にフードプロセッサーや鍋も用意したが、キッチンが広いので少しも邪魔にはならなかった。

潤は誰もいないダイニングに面したキッチンで、ジャージの上着を脱いで男物のエプロンをかけ、カボチャを蒸す準備をする。

こうしていると海の上だとは思えなかったが、揺れを感じる時も間々あり、その度に窓の外を見て不思議な気持ちになった。夢の中にいるようでいまいち現実味がないのは、この旅行に関して可畏《かい》から詳しい話を聞いていないせいもある。

『目的地は竜ヶ島《りゅうがしま》――竜嵜《りゅうざき》グループが所有する無人島だ』

昨夜の段階で告げられたのは、それくらいだった。

何故急にそこに行かなければいけないのか、それについては何も聞いていない。ただ、涸《か》れ井戸の底で可畏が口にした「誰にも殺させない」という言葉から察するに、自分の命が危険に晒《さら》されているのはわかっていた。

昨夜の可畏の必死さから考えて、彼の一存で殺すか殺さないかを決めるわけではないようだ。そのうえで「片時も俺のそばを離れるな」などと熱くいわれたら、どうしたってときめくし、どこまでもついて行きたくなる。

――まあ、いいか……なるようにしかならないし。

潤はタマネギをみじん切りにして、スープ鍋の底にココナッツオイルを入れて炒めた。

可畏と二人で数日だけ学校をサボって小旅行に行くと思えば嬉《うれ》しいが、これからどうなるかわからない不安や、まだ残っている昨夜の恐怖や怒りも確かにある。

『酷い目に遭わせて、悪かった』

様々な感情が胸の奥で綯《な》い交ぜになっていたが、可畏が口にした謝罪の言葉を反芻《はんすう》すると、いくらか気持ちが落ち着いた。

十分に反省しているようなので責める気はないが、こちらが閉所恐怖症になりそうなくらい怖い思いをさせられたのは事実だ。辻《つじ》に金属ハンマーで殴打された瞬間も、井戸に落とされて骨折の痛みに悶《もだ》えていた時間も、永遠のように続く闇も、すべてが悪夢のようだった。

——俺は甘いよな……いや、もし痛みを引きずる普通の体で、可畏が閉所恐怖症じゃなくて、手錠されてなかったら確実にぶん殴ってたと思うし、簡単には許せなかっただろうけど。

潤はカボチャをスープ鍋に移してドライハーブを入れ、煮ながら溜《た》め息《いき》をつく。

可畏に対する怒りや不信感は相当に高まり、恨みにまで達していたのに、井戸の蓋が開いた途端、悪夢が終わって苦痛の記憶が薄れたのは事実だった。

そのうえあんなに傲岸不遜《ごうがんふそん》で人を顎《あご》で使うばかりだった男が、苦手な場所に自ら下りてきて、泥の上に膝《ひざ》をついて謝ったのだ。

幸い怪我は治るため、痛みも苦しみも、過ぎてしまえば所詮《しょせん》は過去のことになる。

これから先にあの苦痛を帳消しにするほどの幸福が待っているなら、そして誰よりも真摯《しんし》に愛情を注いでくれるなら、全部許して、忘れてあげてもいいと思えた。

——可畏のことだから、この先どうなるかなんてわからないけど……特殊な力で感情を読み取らなくても、言葉でいわれなくても、痛いくらい伝わってきた。可畏の気持ちだけじゃなく自分の気持ちも……やっとハッキリして……。

鍋からハーブを除いた潤は、中身をフードプロセッサーに移す。滑らかで香りのよいポタージュスープになったそれを鍋に戻し、生クリームと塩と胡椒《こしょう》を加えて味を調えた。

ＩＨ調理器の火力設定を弱にして、タイマーをセットしてからキッチンをあとにする。

階段を下りて一階に行くとまずは分岐点があり、操縦席や操縦士の控室に続く扉と、船主のプライベートスペースに続く廊下が見えた。

潤は先程まで自分も寝ていた寝室の扉を開け、クルーザーの中とは思えないほど広い空間に足を踏み入れる。可畏は寝起きがよくないため、近づいても起きる気配はなかった。

ベッドの端に座って寝顔を眺めても無反応で、気持ちよさそうに眠っている。

——寝てても絵になる……憎らしいほどイイ男だよな、ほんと。

潤は可畏の浅黒い肌に手を伸ばし、頬に触れた。

凹むような肉はついていない大人の男の顔だが、滑らかな質感と艶と張りは、十八歳という年齢に相応《ふさわ》しい物だ。そのまま唇に触れてみると、キスをした時の印象よりも柔らかかった。

——心臓、ドキドキしてるし……キスしたくてたまらなくなってる。

ただ寝顔を見ているだけで愛しさを感じるなんて、これまで一度だってあっただろうか。

唇を見ているだけで興奮して、キスをしたくてたまらなくなって、股間《こかん》の物がズキンとして欲情さえ覚えるのは、間違いなく可畏だけだ。緊張や恐怖以外で胸が高鳴るのが恋だとしたら、この男こそが初恋の相手ということになる。

「可畏……」

潤は眠る可畏にキスをして、それでも目覚めない彼の髪に触れた。

コシがあって少し硬めだが、とても健やかで手触りのよい黒髪だ。

以前、「こんなに寝起きが悪いんじゃ不用心だな」といったら、「悪意を持った奴が近づくと目が覚める」と返されたことがある。

信用されてるってことかな……と思うと嬉しい反面、自分以外にも、可畏のルームメイトになった男が大勢いたことを思いだしたものだ。

名前を呼ばれながら、毎日同じベッドで寝ていたのかと思うと胸がチリチリして……。

可畏に捨てられた彼らの行く末や、同じ末路を辿《たど》るかもしれない自分の未来よりも、すでに終わった可畏と誰かの甘い日々が気になって仕方なかった。見知らぬ誰かの死よりも重たく、心に伸しかかる嫉妬《しっと》——それもまた、恋に落ちた証だろうか。

「もう朝なんだけど」

声をかけても髪を梳《す》いても起きないので、潤はいつも通りの起こし方をすることに決める。

マットの上で膝を進め、彼の腿《もも》の横に正座した。

可畏と出会ってから二ヵ月近くが経ち、彼を起こす時のルールは体に沁みついている。

エプロンを外し忘れたことに気づきつつも、そのまま上掛けをめくった。

可畏が着ているシルクのガウンの腰紐に触れる。

それをシュルッと解いて、下着を内側から突き上げている性器に触れた。

朝勃《だ》ちのそれは性交時と比較すると少し柔らかく、眠っている本人と同様に完全覚醒はしていない。

こんな状態の他人の一物に触れるのは、慣れた今でも酷く卑猥《ひわい》なことに感じられた。

いやらしいことをしている自分に酔う感覚があって、可畏の性器を撫《な》でたところで自分が気持ちいいわけではないのに、必ず兆して濡《ぬ》れてしまう。

下着から取りだした可畏の性器は、若い雄の匂いがした。

ほんの少し前までの自分なら男の股間に顔を近づけるなど考えられなかったし、この匂いをあえて嗅ぎたいなんて絶対に思わなかっただろう。

――これ嗅ぐと……凄《すご》い、その気になる……。

潤は身を屈《かが》めて、発情期の雌にでもなったかのように雄の匂いに惹きつけられた。

空気が籠《こ》もって増した匂いを、鼻腔《びくう》の奥まで吸い込む。

鼻がスンッと鳴るほど嗅いでから根元を握り、先端に向かって舌を伸ばした。

尖《とが》らせた舌先で鈴口を穿《ほじく》るように愛撫《あいぶ》しながら、手の中の物が変化するのを愉しむ。

最初のうちは乾いている孔が、唾液《だえき》とは異なる潤いに満ちていくと、自分のしている行為に充実感を覚えた。

「――ッ」

分身が先に反応したあとで、本体もようやく反応を見せる。

可畏は眠そうに緩やかな瞬きをしてから、軽く目を擦って焦点を合わせた。

潤の顔を見るなり、どことなくほっとした表情を浮かべる。

「んっ……く、ふ……」

潤は可畏と視線を合わせながらも、鈴口を舌で刺激し続けた。

著大な屹立《きつりつ》は性交時に近いほど硬くなっていき、口に入りたがって聳《そび》え立つ。くわえにくい大きさだったが、潤は可能な限り奥まで含んで、裏筋を唇で圧迫しながら頭を上下させた。

「く……う、っ！」

お約束のように尻に手が伸びてきて、甲と掌を交互に当てながら撫《な》で回される。

普段はガウン姿で同じことをされるが、今日はジャージを着ていたのでウエストゴムの中に手を入れられた。下着越しに一撫でされたかと思うと、今度は下着のウエストゴムを摑《つか》まれて、ぺろんと尻を剝《む》かれる。

「う、うう、っ」

「——ッ……！」

口内の物が大きく爆《は》ぜて、喉奥《のど》を重い粘液で打たれた。

後孔の中に指を挿入されるのと同時だったため、潤は自分が達《い》ったような感覚に陥る。

ドクドクとさらに続いて射精され、少し慌てて喉を鳴らした。

次々と飲まないと可畏の射精に追いつけないことは学習済みだ。

——凄い……濃い。あんなにしたのに……。

味蕾《みらい》を覆い尽くして舌の裏側まで雪崩れ込む濁液は、相変わらず濃厚で雄の青臭さに満ちていた。これを味わうことで火が点いたように欲情する体を止められず、潤は後孔に熱い疼《うず》きを感じる。口淫《こういん》だけではとても足りない。

達してもすぐにまた奮い立つ可畏のペニスで、前立腺や奥を激しく突かれたくなる。

「——む……っ、う……く……」

ごくんと大きく喉を鳴らし、それを規則正しく繰り返すうちに呼吸が楽になった。

失敗すると大量の精液で満ちて喉が詰まり、咳き込んだり吐きだしたりしてしまうのだが、今日は一滴残らず飲み干せる。

潤は可畏の横に正座した恰好《かっこう》のまま、精管の中をチュウチュウと吸った。

そうしながら視線を上げると、艶を帯びた表情が見える。

雄々しいのに色っぽくて、目が合うなり腰が震えてしまった。

「甘い匂いがする。ココナッツか？」

「……っ、うん、そう……朝食の用意してたから」

萎《な》える気配のないペニスからチュポッと口を離した潤は、「濃厚なカボチャのポタージュ、作ったんだ」といいながら可畏の肌に唇を寄せた。割れた腹筋の山を越えて厚い胸に到達した頃には、ジャージと下着を膝まで下ろされる。

すでに開いていたガウンをさらに開くと、浅黒い肌に浮かぶ乳首が目に留まった。

いつもそこを弄《いじ》られたり吸われたりするのは自分の方だが、今朝は可畏の乳首を舐《な》めたくて我慢できなくなる。

「そんなとこ舐めるな」

「ん……っ」

衝動に任せて片方の突起を摘まんだ潤は、残りの一つに舌を這《は》わせた。

硬く変化する乳嘴《にゅうし》を上下の唇で挟みながら、舌の動きを速める。

可畏もそれなりに感じているのか、腹に当たっていた彼の性器がむくりと反応した。

尻に添えられていた手も本格的に動きだし、両手で肉を割られて窄《すぼ》まりを広げられる。

「は……っ、ん……ぅ」

可畏の手ですっかり開発された小さな孔は、太めの指を次々と挿入されて瞬く間に綻《ほころ》んだ。

昨夜クルーザーに乗り込んでから抱かれたので、奥を弄られると可畏の残滓《ざんし》が伝い落ちる。

「んっ、ぅ……」

ぬめりが肉洞の中に広がっていき、零れた物が内腿に向かって流れるのがわかった。

抵抗をなくした可畏の指先がジュプジュプと恥ずかしい音を立て始め、その卑猥さが快感をより高めていく。

「ふ……あ、可畏……っ、おは……よ、う」

潤は胸から顔を上げると、可畏の上に跨《また》がる恰好で朝の挨拶をする。

昨日の朝、彼から初めて「おはよう」という言葉を聞いて嬉しい気持ちになったが、あれはさよならの代わりだった。これからは毎朝きちんと、二人で過ごす一日の始まりとして当たり前にいってほしくて……そんな気持ちを目で訴える。

「──ああ」

無視しないだけマシだったが、可畏は短く答えて濁した。

それを許してはいけないと思った潤は、「ああ……じゃなくて、おはよう……だろ」と咎《とが》めつつ可畏の下唇を摘まむ。親指と人差し指でムニムニと押し摘まんでもいわない彼は、フッと笑いながら少しだけ身を起こした。

「あ、あ……っ」

「いったら何かいいことがあるのか?」

「う、ん……あるかも、しれない、たぶん」

ぬるりと濡れた後孔にペニスの先を押し当てられた潤は、可畏の頬に手を添える。

そしてもう片方の手を自分の腰に回すと、聳え立つ彼の物を後ろ手に握った。

「朝から結構な眺めだな」

「それはこっちの台詞《せりふ》かも……っ、ぁ！」

脈打つ物を体内に迎えながら、左手の親指を可畏の唇に当てる。

先程摘まんだ下唇を少しめくり、自分の唇を舌で舐めた。

「キス……したいんだけど、ちゃんと朝の挨拶してくれないと、唇を塞げない。お預け状態、ちょっとつらいんだけど……可畏は？　俺とキスしたくない？」

「お前もいうようになったな」

「そりゃいうさ。これでも俺、結構モテるんだからな」

「知ってる」と可畏は笑って、鼻先が触れ合うほど顔を近づけてくる。

ようやく「おはよう」と口にすると、照れ隠しのように勢いよく唇を寄せてきた。

「う、んっ……っ」

「――ッ、ン……」

熱烈なキスを望むのは潤も同じで、いきなり激しく唇を重ね合う。

体の繋《つな》がりを深めるために腰を揺らした潤は、ベッドマットの反動を受けて上下に弾んだ。

下から可畏に突き上げられながらも、唇を離さずに舌を絡め続ける。

「あ、ふ……っ、う……！」

お互いの一番熱い所を繋いでもまだ足りなくて、潤は可畏の手に触れた。

映画館で恋人繋ぎをされた時のことを思いだしながら、指の間に深々と指を嵌《は》め込む。

体も唇も手も、できるだけ深く繋がりたかった。それがたまらなく嬉しい自分は、初めての恋に舞い上がっているのだろう。あとになったら恥ずかしくなるかもしれないが、今はとても楽しくて、どんなことでもできそうな気がした。

「可畏……っ、あ……ぁ、凄い……いい……っ」

「――ッ、ゥ……潤……っ」

両手を握りながら、潤は何度も体を弾ませる。

可畏は手を使えない状態でも関係なく腰を動かし、下から強烈な勢いで突いてきた。

身を沈ませた時に強い突きが来ると、瞬時に目の前が真っ白になる。このまま気を失うかと思うほどの快感に、嬌声《きょうせい》すら出なかった。

――可畏……っ、もしまた俺を殺したくなる時があったら……。

死にたくないけれど、殺されたくもないけれど、もしもあんなことがもう一度あるとしたら、その時は抱き殺されてしまいたかった。少なくとも可畏の手で殺されたい。死ぬ時に、可畏がそばにいないのは嫌だ。

「あ、あ……っ、う、あ……っ」

「──潤、俺が死ぬまで……そばにいろ……っ」

同じようなことを考えていたのか、突き上げられながら我儘《わがまま》をいわれる。

残される方がつらいのに、つくづく淋しがり屋だな……と思った。けれどもそんなところも好きで、何より、死ぬまで一緒にいてくれといわんばかりの台詞が嬉しい。

「ん……いいよ、そばにいる……」

そう答えた瞬間、横に流されるように倒された。

繋がったまま再びキスをされ、零しかけた嬌声を閉じ込められる。

潤の背中はシーツに埋まり、突き上げられる体勢から一転……今度は突き落とされるように穿《うが》たれた。可畏の重みを全身に感じながら、奥の奥を何度も突かれる。

「ん、ぅ……ふ……う……っ」

唾液を味わい、交わし合う。蕩《とろ》ける舌を夢中で吸った。

どちらからともなく指を解き、互いの体を掻《か》き抱く。

背中に手を回して、泣きたくなるほど抱き合った。


朝食ではなく昼食になったカボチャのポタージュは、時間を置いたことで味が馴染《なじ》んで一層美味になっていた。我ながら上手くできた……と気をよくした潤は、皿に注いだポタージュにバターとパセリを浮かせ、ダイニングテーブルに運ぶ。

ポタージュを温め直している間にアボカドのサンドイッチを作ったので、それも出した。

こちらは全粒粉のパンにガーリックバターを塗り、あっさりとした味のチーズを挟んで軽くトーストして、ジェノバソースと粗く潰《つぶ》したアボカドを挟んだ物だ。

「見事に草食だな」

「そうかな？　可畏が食べても物足りなくないように、普段より油たっぷりカロリー無視って感じにしたんだけど」

「俺は血肉を欲してるんであって、油が好きなわけじゃねえぞ」

「わかってるけど、動物性の物も多いよ」

潤は可畏の正面に座って、「そもそも野菜は平気なんだよな？」と、基本的なことを訊《き》いてみる。いまさら気づいたが、可畏と食事を共にするのはこれが初めてだった。

「肉食獣が草食動物を襲った際に、まずどこから食うか知ってるか？」

問い返された潤は、スープ用の丸いスプーンを手にしながら眉を寄せる。

肉食獣の狩りの光景など考えるのも恐ろしく、詳しく知ろうとしたことはなかった。

「知らないけど、内臓とか？」

「そうだ。理由は単純で、肉食獣も植物を欲してるからだ。ところが草を食べるための歯や、植物を分解する酵素を持たない。だから草食動物の内臓を食らって、消化済みの植物を摂る」

「──っ、ちょっと待ってくれ……何がいいたいか、もうわかったから」

これ以上聞くとトラウマが発動しそうで、潤は口元を押さえながら頭を何度か振る。

幼い頃から小さな生き物達の恐怖に同調してきたため、具体的なことをいわれると我が身を切り裂かれるようなイメージが浮かんだ。

「悪い。平気か？」

「あ、うん……平気」

潤は可畏の変化に驚き、そのおかげで恐怖心を記憶の底に押し込めることができた。

自分が特殊であって、生き物の嘆きなど聞こえないのが普通──だから人は皆、家畜や魚に感謝しながら美味しく食べる。今はそれが自然だと思っているし、否定する気などないのだが、やはりどうしても自分には無理だった。

「第一寮は肉食中心だが、野菜もある程度は出る」

「そっか……それならよかった」

潤が「いただきます」というと、可畏は「ああ」といってスプーンを手にする。

カボチャのポタージュを一口飲んでから、ストレートに「美味いな」と感想を口にした。

「マジで？　無理してない？」

「してない」

「よかった」

可畏の一言一言が嬉しくて、幸せが心の底から込み上げてくる。

潤はアボカドのサンドイッチを味わいつつ、可畏の食事風景をまじまじと見つめた。

これまでは生餌《いきえ》の血をシャンパングラスで飲むところしか見たことがなかったが、人として物を食べる姿はとてもスマートで綺麗だ。

そういえば日本有数の企業グループの御曹司《おんぞうし》なんだっけ……と思いだすと共に、潤の思考は目的地の竜ヶ島へと移りゆく。竜嵜グループが所有する無人島。何故急にそこに向かうことになったのか、いつ到着し、そこで何をするのか、今の可畏なら話してくれる気がした。

「肉は置いてなかったか?」

問う前に問われ、潤は咀嚼《そしゃく》していたサンドイッチを呑み込む。

「たくさんあったけど、俺は肉の調理は無理なんだ……触れなくて。ごめん」

「そうか」

「うん、ハムとか……調理しなくても食べられる物もあるみたいだったから、悪いけど食べるなら自分でやって」

「あとで食いたくなったらそうする」

素直に答えてサンドイッチを齧《かじ》る可畏を見ていると、感激のあまりテーブルの下で足をバタバタと鳴らしたくなった。じっとしているのが勿体《もったい》ないくらい嬉しくて、顔が熱くなる。

「可畏のそういうとこ、凄い好きかも」

「――そういうとこ？」

「うん、酷いこと散々されたけど、一度だって俺の食生活を曲げようとはしなかったし、俺の前で肉を食べたこともないだろ？」

「それは食堂が別だからだ」

「そうだけど、教室に行かないのに食堂には毎食出向くとか……なんか違和感あるなと思って辻さん達に訊いてみたことあるんだ。以前は、週の半分くらいは生徒会サロンで食事を摂ってたっていってた」

「稀《まれ》にだ」

「ほんとに？　あとは、寮の食堂で乳製品を摂れるようにしてくれて、かなり助かったし嬉しかった。それともう一つ。いつだったか、俺がアボカドが好きだっていったの憶えてるか？　あれは要求でもなんでもなく世間話みたいなものだったんだけど、次の日からアボカドが出てくる確率が飛躍的に上がったんだよな。というより、ほとんど毎日出てくるようになった」

「偶然だろ」

何故か目を逸らす可畏に、潤の口元は緩みっ放しになる。

好意が顔に出ているのは承知のうえで、「俺はマゾじゃないから、優しくされると弱いんだよな」といってみた。

「お前はマゾだろ。どう考えてもマゾだ」

「いやいや、違うって。痛みが引いたら暴力は忘れるようにして、お前のいいとこだけを見るようにしてるんだよ。あ、でも差が激しいから余計に感じるってのはあるよな。普段酷いことばっかされてると、ほんのちょっとの優しさにメロメロになるっていうか」

「メロメロなのか?」

「そりゃもう」

「その法則でいくと、これからも酷くするしかねえな」

「うわ、そういうことといっちゃう?」

笑いながら食べる食事は美味しくて、潤は訊こうとしていた質問をポタージュと一緒に飲み下す。島で何をするのか、いつまで滞在するのか、学校はどうするのか……気になることは山ほどあるが、可畏は確かに、「これからも」といったのだ。

今はそれだけで嬉しい。この先も一緒にいるつもりがあるなら、何も答えを急かさなくてもいいと思えた。


竜ヶ島の姿が見えたのは、日付が変わった頃だった。

潤は可畏と共に屋上デッキに出て、闇に浮かぶ島の影を眺める。

寒いが服をあまり持ってこなかったので、二人して冬物の制服を着ていた。

潤は毛布に包まりつつベンチに座り、可畏に肩を抱かれながら生姜《しょうが》入りの甘酒を啜《すす》る。

いくら南に向かっているとはいえ、十月下旬の夜は冷え込んだ。ましてや海の上ともなると、風向きによっては肌が張り詰めるほど寒い。

「島の外周がなだらかじゃないんだな。こう、山みたいになってない」

「海底火山が隆起して現れた火山島だからだ。外周のほとんどが高く聳えたつ岩礁《がんしょう》で、唯一の港からしか入れない」

「火山島……なんか、あったかそうでいいな」

「お前は呑気だな……。まあ、地熱が高いのは本当だ。竜人の多くは進化を遂げて寒気に強くなってるが、耐えられるってだけで、寒いのが好きなわけじゃない」

「そっか……じゃあ、あの島は竜人にとって過ごしやすい気候なんだ？」

「ああ、そのうえ度重なる噴火で中央が抉《えぐ》れ、外周ばかりがやたらと高くなってる。島全体がぶ厚い塀で包囲されてるようなもんだ。しかも樹海が多く木が高く伸び、大型恐竜が暴れても外からは見えにくい」

「つまり、あの島では可畏も恐竜の姿になれるってことだよな？」

「そういうことだ。ヴェロキラや大方の小物や餌のように小さければ、学院の体育館なりなんなりを閉め切って恐竜化することもできるが、ティラノじゃそうはいかねえからな。そもそも恐竜化には大量の水分が必要になる。閉鎖空間での大型恐竜の実体化は困難だ」

「大量の、水分……」

「そのうえティラノは恐竜化すると理性が薄れ、より凶暴になる。仮にティラノを収容するに足る施設を用意したとしても、暴れ回って破壊して、外に飛びだす危険があるってことだ」

「よく、わかんないけど、なんか大変だな……不便そうで」

「竜人社会じゃ、その不便さこそがステータスになる」

「うん……まあ、滅多に恐竜化しない方が、なんか偉そうではあるな」

潤は少しずつ迫ってくる島を見ながら、暖を求める振りをして可畏の胸に身を寄せる。

跳ね返す光すらもない海に浮かぶ島が、急に怖くなったのだ。

可畏が恐竜化することは恐ろしくはなく、むしろ自分の目でティラノサウルス・レックスを見られることに興奮したが、今のこの状況が怖かった。暗い海にぽつんと投げだされたような感覚に陥り、可畏と一緒にいることを十分実感したくなる。

「寒いなら中に戻るか？」

「いや、平気。まだ見ていたいんだろ？」

「そうだな、あえて思いだしたいことが色々ある」

「どんなこと？」

踏み込んでよいのかどうかわからなかったが、潤は可畏の気持ちが知りたくて問いかけた。

それは竜ヶ島に向かう理由と関係している気がして、答えを待ちながら息を凝らす。

「あの島は、俺の墓場になるはずだった」

可畏は少し間を置いてから答えたが、さらに覚悟が必要な様子だった。

潤が手にしているマグカップに手を伸ばし、一口くれといいたげな目で見つめてくる。

デッキに出る時点では要らないといっていたのに、静かに一口だけ飲んで、「美味いな」と感想をいった。

「竜人でも稀なケースだが、俺には母親の腹の中にいた時の記憶が鮮明にある。胎児の段階で記憶力も聴力もずば抜けていたらしい。母親と祖母の会話や、年の離れた長兄や次兄の会話を完全に聞き分け、言語も理解してた」

俄《にわか》には信じられないことを語る可畏の腕の中で、潤は相槌《あいづち》も打てずに目を瞬かせる。

凄いだとか天才だとか、ありがちな賛辞が浮かんだが、口にできる雰囲気ではなかった。

話の行方は見えないが、可畏がその能力で幸せにならなかったことだけは、聞くまでもなくわかる。自分もまた、人とは違う力のおかげで幸せになどならなかったから、わかるのだ。

理路整然と話して冷静に見せかけながらも、可畏の瞳には苦悩があった。

「竜人は、生まれた時は人の形をしてる。しばらくは影も薄く、待望のT・レックスなのか、竜寄家によく生まれるティラノサウルス科のタルボサウルスなのか、見分けがつかない。俺は胎児の時から早く生まれたい意識が強過ぎて、未熟児で外に出て……それまで生まれた子供の中で一番小さく、貧弱な赤子だったらしい」

「そんな……お前が？　す、凄い、意外だな」

「嬰児《えいじ》が言葉を理解しているとは思わなかった四人は、俺の処遇について目の前で話し合っていた。母親は俺を見て、『最高の胤《たね》を手に入れたのに大失敗だわ。二度と見たくないから殺しちゃって』と、そういった。祖母は、『しばらく様子を見てからにした方がいいと思うけど、貴女がそういうなら仕方ないわね』と答え、長兄は、『竜寄家に弱者は要らない。こんなのを弟だなんて思いたくない』と、次兄は、『こんなチビ生かしてたって無駄だよ、殺そう』と、いった。今でも一言一句忘れずに憶えてる」

「可畏……っ」

「俺は貧弱だったが、十分に生きられる体だった。それでも奴らは弱者の存在を許さず、酒の瓶が入っていた木箱を二重にして俺を押し込んだ。頭の天辺《てっぺん》が当たるほど狭い箱で、蓋を閉められると真っ暗になった。釘を打ちつけられる衝撃が、体中に響いて……」

可畏はそこまでいうと、南に見える黒い島を指差す。

もう片方の手では、これまでよりも強い力で潤の肩を抱き寄せた。

「あの島に連れていかれて、地中深く埋められた」

「……っ!?」

「それから数日して奇跡的な恐竜化を果たした俺は、木箱を破壊した。幼竜の姿で土を掘って地上に出て……何もかも忘れた奴らがバカンスで島に来るまでの二ヵ月間、野生動物を狩って生き延びた」

抱きしめられたまま何もいえなかった潤は、停電したエレベーターの中で酷く苦しんでいた可畏の姿を思い起こす。

生き埋めにされた賢い嬰児が、どれほどの憎悪を抱きながら耐えたのか——それを思うと、本当に一言も言葉が出なかった。自分でも情けないくらい何もいえずに、可畏の体に縋《すが》りつくことしかできない。

「——強く、ないと……怖がられてないと、不安だったんだな?」

ようやく口にできた言葉は、疑問形になってしまった。

勝手に涙が込み上げてきて、答えを聞く前に啜り泣く。みっともないと思っても止められず、毛布に顎《あご》まで埋めながら可畏の心音を聴いて心を落ち着けた。

「——そうだな……」

絞りだすようにいわれた言葉に、涙が止まらなくなる。

可畏が弱者に与えてきた恐怖を思えば、その罪は決して軽くはないけれど……彼自身もまた、恐怖の記憶に支配されてきたのだ。押し潰されないためには必死に逃げるしかなく、結果的に罪を犯し続けた。

「今も俺の考えは変わらない。お前には場の空気を和やかにする力があるが……恩義や喜びは、いざという時には恐怖に負ける。人も竜人も、恐怖から逃れるためなら恩情も愛も裏切る生き物だからだ。支配に必要なのは優しさではなく、秩序を守るための恐怖だ」

「可畏……」

「それこそが俺らしい……暴君竜らしいと……思ってるのにな、今でも。そのくせ俺は、支配そのものに興味をなくした。もし今お前以外のすべてを捨てて生きられるなら、それでもいい。何も惜しくはない。けど現実にはそんなこと不可能だ。T・レックスとして生まれた以上……お前と逃げて、普通の人間としてひっそりと生きていくなんて道は、到底望めない」

「……あの島で、俺と二人で暮らすとか、そういうんじゃなかったんだな」

潤は可畏の言葉が嬉しくて、その気持ちだけで十分だといいたくなる。

種族的なしがらみが彼の足枷《あしかせ》になり、その場から動けないというのなら、自分も彼と一緒に同じ場所に留まろう。

長く一緒にいることで、君主論を掲げる可畏の心に影響を与えて……彼を優しく寛大な王に変えてしまえたらいい。それができる可能性は十分にある。『らしさ』なんてものを、早々に決めつけるのは早いのだ。可畏も自分も、この世に生まれてまだ十八年しか経っていない。

これまで知らなかったことを知り、お互いに成長し、影響を与え、感化され、譲れるものと譲れないものを一つ一つ見極めながら、新しい自分を摑んでいけばいい。

「潤……」

うなじを撫でながら顔を上向かされ、ゆっくりと唇を近づけられる。

まだ涙が残っている目尻にキスをされた。チュッ、チュッ……と、涙を吸われる。

『愛してる……お前を守りたい』――口づけと共にゆっくりと、可畏の気持ちが届いた。

――あ……っ！

いつもは胸に突き刺さるような勢いで感情が流れ込んでくるのに、今は違った。

これまで読み取った中で一番落ち着いていて、途轍《とてつ》もなく力強い感情だ。

――凄い、満たされてる……淋しさなんて全然なくて、物凄く、満たされてる。

可畏の幸福と愛情に同調しながら、潤は自分の中からも発生する気持ちを確かに見いだす。

「可畏……」

もっと触れ合いたくて、可畏の頰にキスをした。

過去にとてもつらいことがあったとしても、可畏は今こうして生きていて、自分と恋をしている。二ヵ月前は知らない者同士だったのに、今は誰よりも近くにいる。

人と人が出会うことは素晴らしい。新しいものに触れることも、変化していくことも、何もかもが素晴らしいと思えた。

「潤……訊いてもいいか？」

「――うん？　改まって何？」

「お前の母親は、どんな女だ？」

海風に揺れる髪を梳かれながら訊かれ、潤はしばし考え込む。

突然の質問に戸惑い、どう答えるべきか迷った。

実母に殺されそうになった可畏にとって、母親という存在が大きな闇であったことは想像に難くない。トラウマの元凶も母親にあり、今でも恨んでいるのだろう。現に可畏は、実の親に向ける言葉とは思えないほど酷い言葉で、母親のことを罵《ののし》っていた。

「俺の母親は……エキセントリックというか、その時の気分でいってることが変わる感情的な人だけど、でも、お前と一緒で……俺が本気で苦手なことはちゃんとわかってくれてるかな」

最初は言葉を選ぼうとした潤だったが、それは可畏の求めに反する気がして、自分の母親について正直に話すことにする。

可畏は少し考える素振りを見せてから、「――食生活か？」と訊いてきた。

「うん。そもそも俺が肉や魚を食べられないのは、ちょっと変わった力があるからで……これ、人に話すと変な奴だと思われるだろうから……家族以外にはいわないできたんだけど、俺には生き物の感情を読み取る力があるんだ。いつもってわけじゃなく、突然受信するような感じ。そのほとんどは怖いとか嫌いとかで、人間に好感を持ってるのは、かなり幸せな環境のペットだけだった。一般的に人間が思ってる以上に、生き物は人間を恐れてる」

「なんだ、それは……感受性が強いんじゃなく、心が読めるってことか？」

「うん、読める時がある。突然来るんだ。心の中に……正確には頭の中なのかもしれないけど、自分のものじゃない感情が届いて、凄く感化される。だから俺は生き物を食べられなかった」

「そんな話、聞いてないぞ」

「いえる雰囲気じゃなかったし、誰かに打ち明けようと思ったこと自体、なかったから」

潤はそこまで話すと、可畏の心を読んでいることも告白すべきだと思った。

可畏は感受性や思い込みでは片づけられないこの力を、必ず信じてくれるはずだ。

そして今の彼なら、不可抗力な読心に憤るようなことはない――と、自分自身、彼のことを信じていられた。

「えっと、母親の話だったよな」

潤は可畏に告白すると決めて、そのうえでまずは彼の質問に答えようとする。

「子供の頃は誰もが同じ力を持ってると思ってたから、どうして皆が生き物を食べられるのか理解できなかったし、凄く孤独だった。周囲の人が残酷に見えたし……両親が俺のことでよく喧嘩《けんか》してたのも悲しくて……でもどうしても駄目で、心配も迷惑もかけたと思う。物心がつくまでは両親も諦《あきら》め切れずに色々あったんだけど、次第にわかってくれるようになって……特に母親は、今ほどアレルギーとかに理解を示してくれない学校とか、特別扱いを許さない余所《よそ》の親とか、俺に普通の食事を強要しようとするいろんなものから、徹底して守ってくれた。俺の力を信じてはいないみたいだけど、それでもちゃんと守ってくれたんだ」

おおむね問題なく過ごしてきた裏で、母親の協力が常にあったこと。そして妹も、生意気なことをいうことはあっても、実兄の面倒な食事情に関して馬鹿にしたり迷惑そうにしたりすることはなく、苦手な物が目に入らないよう気を遣ってくれていた。

そんなことを思いだしていると、また涙が込み上げてくる。

一週間ほど前に久しぶりに会った母親や妹に、また会いたいと思った。

毎日一緒にいると鬱陶《うっとう》しく感じることもあるのに、離れることで大切さがよくわかる。

「こんなこといってるけど、他のことに関しては全然……わりと勝手なこというし、理想的な母親って感じじゃないんだけどな」

「親だからといって完璧なわけはないし、駄目なところはあって当然だ。それでも、親は親であろうとするべきだ」

「可畏……」

「お前の親は人間らしくて、それでもちゃんと、親なんだな」

可畏はどこか遠い目をしながら島を見て、そして後ろを振り返る。

「うん……」と答えた潤は彼の視線を追って航路を見たが、船尾の向こうには白い航跡が残るばかりだった。他の船の姿は見えない。

世界から見れば小さな日本の海域だというのに、あまりにも雄大な景観は空恐ろしかった。

世界の広さを思うにつけ、点のように小さな自分が生きている意味を見失いそうになる。

狭いのも怖いのに広過ぎるのも怖いのだから、つくづく我儘にできていると思った。

「もうすぐ島に着く。しばらくは上陸せずに、船内で過ごすだけだけどな」

それで、どうするんだ？　何かを待ってるのか？

訊こうかと思いながらも、潤は何も訊かなかった。たぶん自分の勘は当たっていて、可畏は何かを待っている。それがどういうことなのか、彼にとっていいことなのか悪いことなのか、そこまではわからないが、可畏の瞳に迷いがなかったので、何も訊かないことにした。

「可畏」

名前だけを口にすると、額をこつりと当てられる。

潤は毛布から両手を出し、可畏の頬に触れた。

白い息を吐きながら見つめ合うだけで、お互いの心を甘い言葉が行き交う。

目は口ほどにものをいう——正にその通りの状態だった。胸に秘めた恋心が通じ合う。

「可畏……俺には、可畏の気持ちも……時々読めたんだ」

「——俺の？」

「うん、人間の心は読めないはずなのに、可畏の気持ちは流れ込んできた」

頬に触れながら告げると、可畏は驚いた様子で固まる。

目を瞠《みは》り、大きく息を呑み、そのまま唇を引き結んだ。

「ずっと黙ってて、ごめん。気分のいい話じゃないよな」

「……っ、いつから……俺の心を……」

「初めて会った日から。あとは、時々」

「——っ」

「最初は可畏が竜人だからかと思ったけど、他の竜人のはまったく読めなかったから……もしかしたら輸血の影響だったのかもしれない。それか……俺がお前とこうして一緒にいるための、運命的な何かとか……」

運命——そういっても大袈裟《おおげさ》ではないと考えた潤は、思うままを口にする。

眼前にある可畏の表情は見る見るうちに変化し、驚愕《きようがく》から一転、落ち着きを取り戻した。

激昂《げつこう》してもおかしくはない告白に対して、可畏は納得した様子で瞼《まぶた》を閉じる。

そして再び、こつりと額を当ててきた。

「俺は、お前を求めて叫んでたか?」

可畏の問いを耳にした途端、潤も目を瞑る。

最初はただ淋しくて……一緒にいてくれる誰かを求めていただけだった可畏が、今は自分を愛してくれている。誰かではなく、自分でなければ駄目になったのだ。

それが嬉しくて、目を開けると涙が零れてしまった。

「潤……」

可畏に名前を呼ばれた潤は、返事の代わりに微笑《ほほえ》みを返す。

夜風に冷えた唇を、そっと重ね合わせた。

《十四》

起きろ、島に上陸する——その言葉を聞いた時、潤は夢の中にいた。

勝手に南国の楽園のような島を想像して、そこで可畏と二人でバカンスを楽しんでいる夢を見ていたのだが、現実と想像は大違いだ。事前に彼から聞いていた通り、竜ヶ島は何もない、地熱と大地と岩石と、樹海ばかりの島だった。

「可畏！　こんなっ、いきなり走ってどうするんだ⁉」

「敵襲だ！　思ったより早く来やがった！」

夜が明ける前に起こされた潤は、制服姿で樹海の中を走る。

手を引かれながら必死に駆けたが、木の根っこが入り組んでいるうえに背の高い草が多く、とても走りにくかった。何より問題なのは闇の深さだ。

新月が終わったばかりの月は細く、星は重たい雲に隠れて役に立たない。

「うわ……っ、あ！」

暗くてほとんど前が見えない中、潤の体は突然浮き上がった。

人並以上に速い足でも可畏には不満だったらしく、腹部が彼の右肩の上に当たる体勢で抱き上げられる。その途端、可畏は人間離れした速度で走り始めた。

「可畏！　敵襲って!?　敵ってなんなんだ!?」

島の入り口から見て奥に当たる西側に向かいながら、潤は走り続ける可畏に問う。

しかし答えはなく、可畏は潤を抱えたまま樹海を抜けて湖の横を駆け、さらに奥へと進んでいった。

やがて、グランドキャニオンに墨をぶちまけたかのような岩壁が現れる。

それらは繋がって島を一周しているが、その向こうに海があることを考えなければ、稜線を描く山々にも見えた。あくまでも自然物であり、高さも形も厚みも、所により違っている。

いったい何が起きているのかわからない潤は、混乱したまま左右を見渡した。

クルーザーの一階にある寝室で眠っていたところを叩《たた》き起こされ、島に上陸するからすぐに着替えろといわれたのだ。それからここに至るまで、あっという間だった。

「潤、あそこに岩穴があるのが見えるか？」

遂に足を止めた可畏は、少し息を乱しながら岩壁の上を指差す。

ほぼ墨一色なので闇の中では見えにくいが、わずかな光が屈折して、岩穴らしき物の存在が見て取れた。

「この島の中で最も安全な場所だ」

「そうだとしても、あんなとこまでどうやって上がるんだ？　ロッククライミングのプロでもなきゃ無理だろ？」

潤は可畏の肩から下ろされ、高い木々の間で呆然《ぼうぜん》とする。

壁面は凹凸が少なく、島の内側に向けて斜めに迫《せ》りだしている部分も多かった。

どう頑張っても素人が登れるような場所ではない。

「恐竜化した俺の頭に乗せてやる。あの位置まで届く体高を持つのは俺だけだから安心しろ。硬度からして破壊することも不可能だ」

「え……っ、そんな、まさかっ」

泡を食う潤を余所に、可畏は潤の足元を指差す。

そこに何かあるのかと思って下を向いた潤は、「動くなよ」と強い口調でいわれた。

「ティラノは恐竜化の際に空気中の水分を一気に集める。その大木に隠れて風圧を避け、吸い寄せられないよう身を守れ。俺が来るまで一歩も動くな。それと恐竜化した俺は凶暴で、血を見ると理性が飛ぶことがあるのも忘れるな。怪我して流血なんかしないよう大人しくしてろ」

「わ、わかった……けど、敵って？」

「T・レックスの雌が一体、タルボの雄が二体——極上の餌であるお前を囮《おとり》に、俺が招待した敵だ。奴らは逃げ惑うベジタリアンを狩るのが好きで、ゲームには必ず参加する」

「……っ、え、待ってくれ、それって」

「動くなよ」

可畏はそういい残すと、潤が「待ってくれ！」と叫んでも聞かなかった。

再び樹海の中を駆けていき、湖の方に向かう。

追いたい気持ちはあったが、それがよい結果を生まないことくらいはわかっていた。

途中で風圧に巻き込まれて怪我でもして、可畏に食われたり踏み潰されたりしたら目も当てられないことになる。忠告通り大木の影に隠れるしかなかった潤は、そうしながらも顔だけは樹海に向け、その中腹にある湖の方向に目を凝らした。

可畏がいる位置は、遠く離れていてもよくわかる。

街中とは違って、ティラノサウルス・レックスの影を遮る物は木々しかないのだ。

視覚に全神経を注いで集中した潤の目には、樹海から突きだした恐竜の頭部が見える。

最早シルエットの域を超えているそれは、不透明になり、鱗《うろこ》まで明瞭《めいりょう》だった。

――可畏っ、お前が招待した敵って……！

自分の推測が外れていることを、願わずにはいられない。

樹海の向こうでは、凄まじいエネルギーが発生していた。

ニュースで見た水素爆発のように、樹海の上部に波が伝わる。

経験したこともないほど強い風が起きて、可畏の方向に向かってあらゆる木々が撓《しな》った。

許しを請うかのように頭を下げ、高い木も低い木も一様に緑の海になる。

風に引き込まれるのを避けて大木に隠れていた潤は、目を開けていることができなくなって首を引っ込めた。恐竜化の瞬間を捉えることはできず、その代わりのように独特な振動を体感する。風圧が消えていくと共に、ズンッと大地が迫り上がったのだ。

――うわ……凄い、地響きが！

一定の間隔で、縦揺れの地震に似た振動が伝わってくる。

地面が今にも割れそうで、木に摑まる手に力が籠もった。

まるで恐竜映画の主人公になった気分だ。つい先程まで一緒にいた体重数十キロの同じ年の男が、何トンもある巨体に変わって迫ってくる。

「す、凄い……！」

それしか言葉が出なかった。ズゥン……ズゥン……と大地を揺らし、樹海の木々を薙《な》ぎ倒しながら近づいてくるのは、正《まさ》しくティラノサウルス・レックスだ。

可畏がいつも背負っているシルエットと一体化したそれは、恐竜の王と称するに相応しく、威風堂々としている。この世に恐れる物など何もない――そんな態度で赤い瞳をぎらつかせ、黒っぽい表皮に覆われた体で潤の目の前に立ちはだかった。

「……可畏っ」

樹海から出て全貌を現したティラノサウルス・レックスの姿に、潤は息を呑む。

ふらりと大木の裏から出るなり、首が痛いほど上を向いた。

「可畏、なんだよ、な？」

無数の突起物に守られた巨体は、無言のまま首を縦に振る。

その口には数え切れないほどの牙があり、咬《か》みついた獲物を逃がさないよう内向きに生えていた。体は五階建てのビルが動いているかのような大きさで、それが紛うことなき生物であるということに、潤はただただ圧倒される。

重心は腰にあり、重い体を支える後肢は何にも譬《たと》えられないほど大きい。三本の指に生えた巨大な爪が、地面を抉《えぐ》っていた。見るからに筋肉の集合体であることがわかる太い尾は、それ自体が一つの生き物のように太く長く、撓いながら巨体のバランスをコントロールしている。

「可畏……っ」

ティラノサウルス・レックスは潤の前で上体を低くすると、頭に乗れとばかりに顎を地面に寄せた。自然と尾が上に上がり、闇空に向かってぐわりと立つ。

赤い瞳を見つめながら、潤は覚悟を決めて臍《へそ》に力を入れた。

いつか恐竜になった可畏を間近で見る——という状況は想像したことがあったが、乗ることまでは考えていなかったのだ。

「顔、踏むけど……いいんだな？」

そこから乗るしかなかった潤は、恐る恐る可畏の鼻先に近づき、まずは手で触れてみる。

鰐皮《わにがわ》の感触をイメージしたが、そもそも鰐皮など触ったことはなく、よくわからなかった。

ただなんとなく牛の革製品などとは違って、爬虫類《はちゅうるい》の質感だと思った。

潤はどうしても可畏の顔を土足で踏めず、靴を脱いで手に持ったまま彼の鼻先に飛び乗る。

生き物らしい柔らかさはないので、それほど申し訳ない気持ちにはならずに済んだ。

気持ちを落ち着かせて腹を括り、持ち前の運動神経でタタッと頭頂部まで上り切る。

両目の上にある頭には突起物がいくつもあり、図鑑では存在感の薄かったそれらは、実際に触ってみるとかなりの大きさがあった。潤は靴を片手に、もう片方の手ではしっかりと突起を摑み、全身を彼の頭からうなじにあたる部分に張りつけて伏せる。

『動くぞ、摑まってろ』

突然、頭の中に可畏の声が届いた。感情が届く時とはまったく異なる、歴とした言語だ。

思わず左右を見渡して可畏の姿を探してしまったが、耳で聞いた声ではない。

骨伝導によって音を捉えているような、妙な心地だった。

「わ、あっ……た、高っ！」

ゆっくりと頭の位置を上げられて、潤は無意識に声を弾ませる。

こんな状況ではあるものの、本物のティラノサウルス・レックスの……それも博物館に展示されている物よりも遥かに大きく雄々しい恐竜の頭に乗って、五階建てもしくは六階建てビル相当の高さまで持ち上げられるのは爽快《そうかい》だった。

どうしても興奮してしまい、「うわ、うわっ、凄い、凄いっ」と何度も声を漏らす。

『岩穴の奥に隠れてろ。必ず迎えにくる』

思念で伝えられた言葉に並々ならぬ覚悟を感じ、潤は岩穴を前に息を詰めた。

恐竜に乗って運ばれている状況に感激している場合ではなく、可畏はこれから三体もの敵と戦おうとしているのだ。それも、おそらく母親と兄と――。

「可畏、無茶なことはやめてくれっ」

『俺は負けない』

「それでも、きっと傷つく」

岩肌に横顔を密着させた可畏の上から、潤は岸壁の上部にある岩穴に移動する。

可畏がいっていた通り頑丈そうで奥行きもあり、そして可畏ですら、身を伸ばしてようやく頭が届く位置だった。

「可畏……っ、俺には竜人社会のことはわからないけど、でも……可畏が傷つくのはわかる！　俺をヴェロキラに殺させようとしたこと、後悔したんだろ!?　間に合ってよかったって、俺を殺さなくてよかったって思ったんだろっ!?　取り返しがつかないことして、あとで苦しむのは自分じゃないか！」

潤の体が岩穴に完全に移ったのを見届けて、可畏は顔を引く。

ぎらぎらと光る赤い瞳が、真っ直ぐに潤を捉えた。

見上げる恰好のまま、いつまでも見つめている。

『お前だから後悔したんだ』

ティラノサウルス・レックスはわずかに口を開け、白い息を吐きながら唸《うな》った。

その目に迷いはなかったが、潤は彼を止めたくて顔を左右に振る。

しかし言葉にはならなかった。

幸せも苦しみも千差万別で、生まれてすぐに身内に殺されかけた可畏の苦しみを……ずっと抱えてきた痛みや憎しみを、自分が理解できるわけがない。

親兄弟を殺してはならない、家族は大切にしなきゃいけない——人間なら当たり前の常識を振り翳《かざ》して止めることで、可畏が負った痛みを軽んじる結果にはならないだろうか。

そう考えると不安で声にならず、迷っているうちに背中しか見えなくなった。

闇に紛れるティラノサウルス・レックスは、樹海を避けて平地を進む。

「可畏——っ！」

岩穴から身を乗りだし、声を張り上げて名前を呼ぶことしかできなかった。

やがて可畏の姿は見えなくなり、島で唯一の港に船の灯りらしき物が近づく。

可畏が招待したといっていた三人が到着したのだ。

——雌が一体、雄が二体なら……母親と、たぶん……長兄と次兄だ。それが可畏にとって、どうしても許せなかった三人……。

可畏がしようとしていることが単なる復讐とは思えず、潤は岩穴の中で拳を握る。

軋むほど強く握りながら、可畏が彼らを今殺そうとする理由について考えた。

——そうしないと、思うように生きられないから？　俺を、守れないから？

程なくして、島の港に向けて強い風が吹く。

先程とは違う樹海の木々が一斉に頭《こうべ》を垂れ、風圧に屈した。

ほぼ同時に、獣とは桁《けた》が違う雄叫びが聞こえてくる。

びくりともしそうにない岸壁は小刻みに揺れ、四体のティラノサウルスの姿が森の向こうに見えた。潤の位置からは遠いが、しかし確かに四体いる。

種類の見分けがつく距離ではないものの、特に大きい個体が二体いて、ティラノサウルス・レックスだと推測できた。

他の二体はアジア最大のティラノサウルス——タルボサウルスと思われるが、個々に見れば圧倒されるほど大きいであろう彼らも、可畏と比べれば小物に見える。

「可畏……っ！」

三体の恐竜が可畏を襲っているのを目にした潤は、叫んでから胸元を掴む。

どんなに声を張り上げたところで、届かないほど遠かった。

こうして安全な場所で見ていることしかできないのがつらい。

勝手に涙が溢《あふ》れてきて、心配で胸が潰れそうになった。

夢か映画を見ているような感覚から一転、人型の可畏が身内に虐げられるイメージが浮かび上がる。可畏は出会った瞬間から強そうで、威圧的で自信家で……そのため潤は一度も、彼の生死に関する心配などしたことがなかった。三体の敵と戦うと知った時も、身内を殺して心に傷を負う彼を想像しただけだ。

「う、あ……！」

可畏の命そのものを案じた潤は、高い岩穴の中で身を震わせる。

可畏の太い尾で首を横から思い切り打たれたタルボサウルスが、吹っ飛ばされて樹海の木を薙ぎ倒すところだった。彼らの弱点は頸動脈《けいどうみゃく》のある首だと知っていた潤は、思わず自分の首に掌を当てて顔を顰《しか》める。

――首の骨が……折れた!?　動かない！

タルボサウルスが一体、モーゼの十戒を彷彿《ほうふつ》とさせる一本道に割れた樹海に倒れ込む。動けなくなった様子で、ぴくぴくと痙攣《けいれん》していた。可畏に咬《か》まれたわけではなく、太い尾で首を横殴りされただけだ。ただそれだけで、何トンもある体を吹っ飛ばされ、今にも死に絶えようとしている。

タルボサウルスに目を奪われていた次の瞬間、潤はもう一体のタルボサウルスの絶叫を耳にした。可畏の後肢で蹴り上げられた巨体が、岸壁に衝突する。

しかしそれだけでは終わらず、雌の攻撃を巧みに避けた可畏は、その岸壁に向かって頭から突進した。黒い岩肌に張りついたタルボサウルスを前に頭を低くし、闘牛さながらの頭突きを食らわせる。

「……っ、うぅ！」

月は細く薄暗かったが、それでも血が飛び散ったのがわかった。

自分よりも大きく強い恐竜によって岸壁に押しつけられたタルボサウルスの体は、壁に叩きつけられたトマトのように潰れている。

そして大量の血液と肉塊が、瞬く間に水蒸気に変化した。

急速に縮まったかと思うと、最後は人間の姿に変わったのがわかる。

樹海の中に倒れていたもう一体のタルボサウルスも、今は水蒸気を散らすばかりだった。

「う、ぅ」

黒なのか赤なのかわからない血の色を目にした潤は、過去のトラウマが疼《うず》くのを感じる。

幼い頃、死を恐れる動物達に感情移入し過ぎて、自分が殺されて刻まれ、食卓に並べられる悪夢にうなされた。その感覚がたちまち蘇《よみがえ》り、体温が下がって眩暈《めまい》や吐き気を催しているにもかかわらず、目を逸らすことができない。

——あれが……可畏の母親、なのか？

残ったのはティラノサウルス・レックスが二体——樹海越しでは可畏の方が大きく見えたが、障害物を除いて見ると雌の方が大きかった。体長や体高では可畏が勝っているものの、雌は胴回りが極めて太く、ウエイトでは明らかに可畏を上回っている。

本来、ティラノサウルスは雌の方が強く大きいものだ。

超進化を遂げたところで、原則的には変わっていないようだった。

「危ない……っ、可畏!!」

苛烈《かれつ》な蹴り合いの末に、可畏は脇腹を咬まれる。

一度食いついたら離れないといわれている無数の牙で、皮と肉をずぶりと深く食《は》まれた。

「可畏――っ!!」

雷鳴のような呻き声を聞き、潤は岩穴から転げ落ちそうなほど身を乗りだす。

声が届くはずはなかったが、可畏は確かにこちらを見た。

そして尾を宙に高く振り上げ、脇腹に食いつく雌の首に叩き落とす。

それにより脇腹の肉を食い千切られたが、一刀両断する勢いでドオォォンッと首を打った。

「――っ、駄目だ……まだ！」

可畏の捨て身の一撃が決定打になったかと思いきや、雌はタルボサウルスのように簡単には死ななかった。

可畏の腹から噴きだす鮮血を浴び、首を負傷して不自然に顔ごと曲げた状態になりながらも、ゆらりと立って可畏の首を狙う。

互いの鼻先をぶつけ合い、ともすれば激しいキスでもするかのように牙と牙で鍔迫《つばぜ》り合いを繰り返した二体は、どちらも急所を咬む隙を与えなかった。

相手の体の負傷部分を狙って尾を振り上げ、薙ぎ倒しては自身も薙ぎ倒される。

その度に島全体がドンッと大きく揺れ動き、潤は岩穴の縁にしがみついた。

どちらのものか判別がつかない咆哮が、外界から遮断された孤島に轟く。

決着のつかない戦いは島の姿を変えていき、冷たい空気を震わせた。

——っ、え……あっ!?

長い戦いの末に、雌のティラノサウルス・レックスが突如大きな方向転換をする。

滅茶苦茶に倒された木々を踏み荒らしながら、潤のいる西に向かって猛然と走りだした。

その異様な姿に、潤は一瞬にして凍りつく。

血に染まった雌の顔は、約九十度曲がっていた。

それでも赤い目を光らせながら、真っ直ぐに突進してくる。

「うああぁ——っ！」

自分が狙われていることを察した潤は、恐怖のあまり絶叫した。

安全な場所だといわれても、そんなことは関係ない。

岩穴の奥に隠れるという選択肢も思いつかず、頭の中にはバラバラの肉片が浮かび上がった。

苦しいのに、怖いのに、「いただきます」といって微笑まれ、鋭いナイフやフォークで突き刺されるイメージに耐えられなくなる。

「うわあぁ——っ!!」

完全にパニックを起こした潤は、居竦《いすく》まった体勢のまま身を崩す。

ハッと我に返った時にはもう、吸い込まれるような夜空が眼前に広がっていた。

地面に向けて真っ逆さまに落ちていることに気づくと共に、横向きの口を大きく開けた雌のティラノサウルス・レックスの顔を目にする。

『潤っ!!』

頭の中に可畏の声が響いた。

駆けつける足音も聞こえる。けれども間に合わなかった。

潤は地面に叩きつけられる前に雌に食われる。頭に思い浮かべたイメージ通り、腹を大きな牙でざっくりと裂かれた。

「ぐは……っ、あ……ぁ……!」

下の牙が腰から腹へと突き抜け、上の牙は脇腹を突き抜ける。

潤は雌の舌の上で仰向《あおむ》けになりながら、喉に近い所で呻き声を漏らした。

図鑑で見た通り、ティラノサウルス・レックスの牙にはステーキナイフのようなギザギザがついている。肉を効率的に切るための、鋸歯縁《きょしえん》と呼ばれる物だ。

それは見事に機能して、潤の骨や肉をいとも簡単に断つ。

痛みを感じる暇はなかった。

一度は閉じた上顎が上がっていく様を見た潤は、可畏の足音よりも大きい死の足音を聞く。

開いた口をもう一度閉じられた時、自分は死ぬだろう。

腹から下を失って二つ身にされ、ごくりと一呑みされそうだった。

「ぐ、ああ……っ！」

牙の隙間から岸壁が見えたその時、潤は全身に衝撃を受ける。

何が起きているのかわかるはずもなく、気づいた時には雌の牙から腹が外れ、そのまま喉の奥へと呑み込まれた。

——これで、終わりなのか？　俺は……今度こそ死ぬのか？

可畏と出会った九月一日の朝——そもそも、あの日が自分の命日になるはずだったのだ。

もしかしたら奇跡的に一命を取り留めて、昏睡《こんすい》状態に陥っていただけなのかもしれない。

本当はずっと病院にいて、生命維持装置によって生かされながら長い夢を見ているのだ。

恐竜には元々興味があるし、新作映画の予告でも見て意識の底にあったのかもしれない。

女性に熱くなれなかった自分は自覚のないゲイで、夢の中で好みのタイプの男を捏造《ねつぞう》して、性的な妄想を繰り返していたのだろう。強い男に支配されたり執着されたりするのも、全部、識閾下《しきいきか》にあった願望だったのだ。

「う、う……ぅ、あぁ——っ！」

生々しい肉のトンネルの中で、潤は酸素を求めてもがく。

何も見えない、何も聞こえない闇だったが、またしても大きな衝撃が全身に伝わってきた。

ただし腹の傷以外の痛みはなく、肉のトンネルがクッションになっている。

地面に叩きつけられ、それからゴロゴロと転がるような感覚だった。

——っ、光？　月明かりが！

潤は生臭い血肉の中で、一筋の光を見る。そこに向けて必死で手足を動かした。

前後左右の認識はなかったが、自力でどうにか抜けだしてみる。

すると目の前に、細い月の浮かぶ夜空が広がった。

いつしか厚い雲が風に流され、月や星が見えるようになっていたのだ。

街中では決して望めない無数の星々が、眩《まぶ》しいくらい煌《きら》めいている。

「潤……っ、無事か!?」

空を見上げながらも無心に地面を這った潤は、可畏の声を聞く。

頭の中に直接話しかけられる思念会話ではなく、耳で捉えた声だった。

気持ちのうえではすぐに顔を上げたかったが、覚悟を決める時間が少しだけほしかった潤は、その前に自分の背後を振り返る。

そこには、雌のティラノサウルス・レックスの首があった。

肉の一部を嚙《か》み千切られて大きな穴が開いており、ブシュブシュと血を噴いている。

その血に運ばれるようにして、潤が履いていた靴が押し流されてきた。

「あ、うぁ……」

自分がどこから出てきたのか、潤は靴を見てようやく認識する。

可畏の方を振り返る余裕はなくなり、血塗《ちまみ》れの自分の体を目にして愕然《がくぜん》とした。

そうこうしているうちに、雌の体が変化し始める。

二体のタルボサウルスと、まったく同じだった。

収縮して水蒸気を放ちながら、見る見るうちに人間の形になる。

血だまりに横たわっていたのは、首を半ばもがれた全裸の女性だった。

「ひ、っ、あ……あぁ！」

「見るな！」

女だということを認識した瞬間、可畏の手で視界を塞がれる。

女の顔も年齢もわからないまま、潤は可畏の腕に抱き留められた。

彼も全裸で、脇腹から溢れる血が潤の流す血と混じり合う。

内臓を激しく損傷した潤も、肉体の一部を食い千切られた可畏も、激痛のあまり一歩も歩けなくなっていた。傷と傷を重ねるように抱き合って倒れ込み、死にそうな痛みに耐えて、細い呼吸を繰り返す。

——現実だった……可畏は、幻じゃなかった。

潤は島内に凄惨《せいさん》な遺体が散らばっていることを認識しながらも、今この場に確かに存在する現実を受け入れる。

これは昏睡状態で見ている妄想ではなく、日常の眠りの中で見た夢でもない。

目をそむけたいほど残酷で罪深く、血肉に塗れていても、これが現実だ。

ここには確かに、可畏と自分が生きて存在している。

「……ゥ、グ、ハッ……！」

「可畏っ!?」

徐々に傷が治っていく自分とは違い、可畏は突然地面に向けて血を吐いた。

額が土で汚れるほど顔を伏せ、背中をビクンッビクンッと震わせながら延々と吐き続ける。

「可畏、大丈夫なのかっ、どうしたら、俺はどうしたら……っ！」

何かできることはないかと焦った潤は、彼に自分の血を……と考える。

ベジタリアンの血液は、美味で栄養価が高いはずだ。

無駄に血を流している場合ではないと気づいた潤は、赤く染まったシャツをめくる。

腹の傷を可畏に見せながら、「俺の血を飲んでくれ！」と迫った。

「――っ、違う……」

可畏は伏せた体勢のまま、一度首を横に振る。そして再び血を吐いた。

「可畏……っ!?」

可畏の「違う」という言葉が何を意味するのか、彼が吐いている血が誰の物なのか、そして何故吐き続けるのか――潤は可畏の表情からすべてを察する。

土の上の赤い血だまりは、自身の怪我による吐血ではないのだ。

可畏は、胃に流れ込んだ血を吐いているに過ぎなかった。

「……潤……俺は、後悔なんかしない」

可畏の唇から、ポタポタと血が垂れる。

そして瞳からも、やはりポタポタと落涙した。

吐くことによる生理的な涙なのか、それとも、母殺し兄殺しの罪故に溢れでた涙なのか……

勘繰られることも勝手に決めつけられることも、可畏の本意ではないだろう。けれども潤には、
それが意味のない物だとはどうしても思えなかった。

「何もかも捨て、好きに生きることが許されない身なら……すべてを、手に入れるしかない」

「可畏……」

いいよ、もう何もいわなくていいよ――。

正当化してもしなくても、夢でも幻でも、今ここに可畏は存在している。

潤には、ただそれだけでよかった。

「お前だけいれば、それでいいなんて……甘いこと、いってると……お前を、失う」

「うん……」

呟き込みながら縋りついてくる可畏に、潤は両手を差し伸べる。

彼自身が思っているほど傷は浅くない気がして、ぎゅっと胸元に抱き寄せた。

可畏の脇腹の肉は再生し始めていたが、いくら肉体が完治して痛みが消えても、彼の心には大きな傷が残るだろう。

人間とは価値観も感覚も違うといった発言を繰り返しながら、可畏はきっと、自分の行為を必死に正当化し続ける。そうしなければ立ち直れないことを、彼自身わかっているから――。

「可畏が竜王国の王様になったら、俺は王妃みたいに一緒にいるよ」

「――潤……」

「だってほら、俺はお前の一号さんだろ?」

潤には、可畏がしたことを責める気は微塵《みじん》もなかった。

彼が一番彼の心を苛《さいな》んでいる今……自分がすべきことはただ、力強く手を握り、寄り添って癒すことだ。そういう存在でありたいと、切に願う。

「帰ろう」

潤は、今叶えられる望みを口にした。

答えはすぐに、「ああ」と短く返ってくる。

そのくせなかなか立ち上がれないまま、地面に座り込んで空を見上げた。

涙に濡れた四つの瞳に、満天の星空が映る。地上のいざこざには無関心な月が、一際美しく輝いていた。

《十五》

竜ヶ島をあとにしたクルーザーの中で、長かった夜が明ける。

一睡もできなかった可畏は、隣で眠っている潤の顔を見つめていた。

ティラノサウルス・レックスの遺伝子を持つ自分を畏怖しない人間というだけでも希少だが、潤はとにかく打たれ強い。

線の細いビジュアルとは正反対に、どこか骨太に感じられた。

潤の強さの裏には、生き物の感情を読み取る能力が関係しているのかもしれないが、それが必ずしも強みになるとは思えず、生来とても頑強な精神の持ち主だと思えてならない。

現に潤は、人間に対する生き物の恐怖を知っても、他者が生き物を食らうことを否定したり自分の主張を押しつけたりすることはなく、生き物に感化されて人嫌いになったり人間不信に陥ることもなかった。

理解者のいない孤独の中で、自分は自分として、曲げることのできないポリシーを胸に秘めながら、明るく優しく生きていたのだ。

──すやすや寝てる。寄りかかっても折れそうにないな、コイツは……。

白み始めた空と光り始める海面、そして潤の寝顔を見ていると、朝の訪れを感じる。

太陽が昇って一日が始まるというだけのことが、とても貴く感じられた。

潤を守りたいと思う。永遠に一緒にいたいと思う。

そのために、危険な存在は消さなければならない。

甚《はなは》だ不本意なことながら、胸に重たく伸しかかる痛みはあった。けれどもそれを負うことで潤を守れるなら、さらに重くなっても痛くなっても構わない。

──帝訶《ていか》、阿傍《あぼう》、毘藍《びらん》……特に危険な三人は始末した。あとは……。

可畏は祖母と残る五人の兄の顔を思い描き、静かな殺意を燃やす。

帝訶が死んだ今、自分に逆らう愚か者はいないはずだが、彼らの出方によっては一人残らず消す覚悟があった。

竜王国など本当はどうでもいい。子も兵も要らないのだ。

ただ力が欲しい。愛する自由を行使するために──。

「……ん……っ、可畏？　どうした？　眠れないのか？」

「いや、今起きた」

「外……まだ薄暗いし、寝たら？」

潤は眠そうにいうと、頭に手を回してくる。

髪を指で梳かれながら、なでなでとばかりに撫でられた。

優しくて温かい、綺麗な手だ。

バスケをやっていただけあって、意外に大きく頼もしい手でもある。

可畏はベッドに身を横たえ、「そうだな、もう少し寝るか」と答えた。

「うん……ゆっくり寝た方がいいと思う……疲れてるんだし。お昼前くらいに、可畏の好きな起こし方……してやるよ。いい目覚めを約束する」

枕に半面を埋めながら、潤はくすっと笑った。

可畏も笑い、「期待してるぞ」と囁《ささや》く。

布団に潜って抱き合った。

目を閉じてキスをして、「おやすみ」と告げる。

ようやく睡魔がやってきて、可畏は潤の隣で眠りについた。

あとがき

初めまして、またはこんにちは、犬飼《いぬかい》ののです。

本書を御手に取っていただきありがとうございました。

キャラ文庫さんで書かせていただける日が来るなんて、本当に夢のようです。

しかも、いつか絶対に書きたいと思っていた恐竜BLを形にすることができました。

六五五〇万年以上前、あんなに大きな生き物がこの地上を歩いていて、種類によっては空を飛んでいたのかと思うと、太古のロマンを感じずにはいられません。

しかしモフモフではなく爬虫綱……好意的に見ている私でも、あまり触りたいとは思えない感触の生き物ですし、BL的にどうなのかと不安を抱えつつ、それでも恐竜BLが書きたいという想いと、「恐竜ってカッコイイよね！」という憧憬を練り込みました。

作中の恐竜は超進化型ということで、元々大きい種はより大きく、本来は小さい種もかなり大きく変えまして、恐竜と同様に、キャラクターの身長も高めに設定しました。

可畏は一九〇センチ、潤は一七五センチ。可畏はハーフで浅黒い肌の持ち主なので、色白の潤と歩いていたら物凄く絵になるな……と、笠井《かさい》あゆみ先生の美麗なイラストを拝見しながら妄想を繰り広げています。

笠井先生にイラストを描いていただけるとわかった時は、歓喜のあまり飛び上がる勢いで、人物はもちろん、恐竜まで拝見できるのが嬉しくて堪りませんでした。攻めの口の中に受けがいるという珍しい構図のカバーに大興奮です。笠井先生、本当にありがとうございました！

お知らせですが、「Char@《キャラット》 VOL.11」に「暴君竜を飼いならせ」の番外編を掲載していただきます。各電子書籍配信サイトにて、六月下旬より配信予定。詳しくは、Chara公式サイトをご覧ください。

最後になりましたが、本書を御手に取ってくださった読者様と、指導してくださった担当様、関係者の皆様に心より御礼申し上げます。

念願の恐竜ＢＬとあって執筆中はとても楽しかったので、この想いが読者様にも伝わって、楽しんでいただけたら幸いです。このたびはありがとうございました。

犬飼のの

この本を読んでのご意見、ご感想を編集部までお寄せください。

《あて先》〒141-8202　東京都品川区上大崎3-1-1　徳間書店　キャラ編集部気付

「暴君竜を飼いならせ」係

【読者アンケートフォーム】

QRコードより作品の感想・アンケートをお送り頂けます。

Chara公式サイト http://www.chara-info.net/

■初出一覧
暴君竜を飼いならせ……書き下ろし

Chara
暴君竜を飼いならせ
……【キャラ文庫】

2014年6月30日 初刷
2020年12月15日 7刷

著者 犬飼のの
発行者 松下俊也
発行所 株式会社徳間書店
〒141-8202 東京都品川区上大崎3-1-1
電話 049-293-5521(販売部)
03-5403-4348(編集部)
振替 00140-0-44392

印刷・製本 株式会社廣済堂
カバー・口絵
デザイン 百足屋ユウコ+おおの蛍(ムシカゴグラフィクス)

ISBN978-4-19-900753-8

投稿小説★大募集

『楽しい』『感動的な』『心に残る』『新しい』小説——

みなさんが本当に読みたいと思っているのは、どんな物語ですか？　みずみずしい感覚の小説をお待ちしています！

•応募きまり•

[応募資格]
商業誌に未発表のオリジナル作品であれば、制限はありません。他社でデビューしている方でもOKです。

[枚数／書式]
20字×20行で50～300枚程度。手書きは不可です。原稿は全て縦書きにして下さい。また、800字前後の粗筋紹介をつけて下さい。

[注意]
①原稿はクリップなどで右上を綴じ、各ページに通し番号を入れて下さい。また、次の事柄を１枚目に明記して下さい。
（作品タイトル、総枚数、投稿日、ペンネーム、本名、住所、電話番号、職業・学校名、年齢、投稿・受賞歴）
②原稿は返却しませんので、必要な方はコピーをとって下さい。
③締め切りは特別に定めません。採用の方にのみ、原稿到着から３ヶ月以内に編集部から連絡させていただきます。また、有望な方には編集部からの講評をお送りします。
④選考についての電話でのお問い合わせは受け付けできませんので、ご遠慮下さい。
⑤ご記入いただいた個人情報は、当企画の目的以外での利用はいたしません。

[あて先]　〒105-8055 東京都港区芝大門2-2-1
徳間書店 Chara編集部 投稿小説係

投稿イラスト★大募集

キャラ文庫を読んで、イメージが浮かんだシーンをイラストにしてお送り下さい。キャラ文庫、『Chara』『Chara Selection』『小説Chara』などで活躍してみませんか？

•応募きまり•

[応募資格]

応募資格はいっさい問いません。マンガ家＆イラストレーターとしてデビューしている方でもOKです。

[枚数／内容]

①イラストの対象となる小説は『キャラ文庫』か『Chara、Chara Selection、小説Charaにこれまで掲載された小説』に限ります。
②カラーイラスト１点、モノクロイラスト３点の合計４点。カラーは作品全体のイメージを。モノクロは背景やキャラクターの動きの分かるシーンを選ぶこと（裏にそのシーンのページ数を明記)。
③用紙サイズはA４以内。使用画材は自由。

[注意]

①カラーイラストの裏に、次の内容を明記して下さい。
（小説タイトル、投稿日、ペンネーム、本名、住所、電話番号、職業・学校名、年齢、投稿・受賞歴、返却の要・不要）
②原稿返却希望の方は、切手を貼った返却用封筒を同封して下さい。封筒のない原稿は編集部で処分します。返却は応募から１ヶ月前後。
③締め切りは特別に定めません。採用の方にのみ、編集部から連絡させていただきます。また、有望な方には編集部から講評をお送りします。選考結果の電話でのお問い合わせはご遠慮下さい。
④ご記入いただいた個人情報は、当企画の目的以外での利用はいたしません。

[あて先]

〒105-8055 東京都港区芝大門2-2-1
徳間書店 Chara編集部 投稿イラスト係